마음의 주인

마음을
온전히 느끼고
누리는
삶에 대하여

마음의 주인

이 기 주

말글터

마음을 잃어버리지 않고
온전히 누리며 살아가고 있습니까?

마음의 주인으로서….

마음이라는 숲에서 길을 잃은 당신에게

평생 잊을 수 없는 기억이 있다. 초등학교 2학년이 되던 해였다. 하늘에 구멍이 뚫린 듯 함박눈이 펑펑 쏟아지던 새벽, 어머니 손에 이끌려 어두운 골목을 빠져나오고 있었다. 어머니가 울음기 가득한 목소리로 말했다.

"기주야, 넌 크게 자라야 한다. 다만 천천히 자라주렴. 알았지?"

그날 오후, 병원에 있던 아버지는 다시는 돌아오지 못할 먼 길을 떠났다. 노을이 지고 어둠이 깔릴 때까지 어머니는 떼굴떼굴 뒹굴며 울었고 난 어깨를 들썩이며 눈물을 쏟았다.

세월이 흘러 우리의 울음소리가 아득해질 때쯤 어렴풋하게 깨달을 수 있었다. 어머니의 입술을 비집고 나온 짧은 당부가 어느새 내 마음에 뿌리내려 삶을 떠받치는 든든한 버팀목이 되었다는 것을….

그날의 기억을 떠올릴 때마다 마음에서 뜨거운 무언가가 치밀어 오르는 듯한 기분이 들었다.
기억이라는 장작불로 데워진 감정은 머리까지 치받쳐 올라와 '마음'에 관한 숱한 질문을 남긴 뒤 천천히 사그라들었다.
'도대체 마음은 어디에 있는가? 마음은 왜 시시때때로 흔들리는가? 삶의 많은 문제가 마음을 잃어버리는 데서 비롯되는 것은 아닐까?'

이 책을 쓰는 일은, 이런 물음에 대한 답을 찾는 여정이기도 했다.

마음을 향해 떠난 여정에서 나는 딱 떨어지는 정답에 다
가가지 않았다. 발길 닿는 대로 돌아다니면서 나만의 답
을 주워 담았다. 그렇게 끌어모은 마음에 관한 생각을
책 곳곳에 심어놓았다.

혹시 마음이라는 숲에서 길을 잃고 어둠 속을 헤매고 있
다면, 이 책을 나침반 삼아 나뭇잎 사이로 햇살이 쏟아
지는 환한 곳으로 다시 나아갈 수 있기를 바란다.
책 속의 길을 거니는 동안 스스로 마음을 들여다보고 돌
볼 수 있었으면 하는 바람이다.

마음 때문에 힘겨워하는 당신에게,
진심을 담아 이 책을 건넨다.

당신의 마음과 삶에
햇살이 스며들기를 바라며
이기주

목차

2부 ● 사랑 愛

사랑은 마음의 날씨를 살피는 일인지 모른다

3부 ● 생애 生　　　다들 마음속에 있는 산을 오르며 살아간다

4부 ● 사람 人

타인에게 휘둘리지 않고 마음을 지킬 수 있다면

1부

心

사람 마음에는 저마다 강이 흐른다

마음〰

001

기다릴 수 없으면

위로할 수도 없다

우리를 둘러싼 모든 것은 시간이라는 바람 앞에서 언젠가는 허물어지고 만다.

영원한 감정도 존재하지 않는다. 기쁜 감정이든 슬픈 감정이든 모든 감정은 나름의 유효 기간을 지닌다.

우리가 타인을 위로할 때 "시간이 지나면 괜찮을 거야"라는 말을 입버릇처럼 내뱉는 것도 이 때문이다.

하지만 슬픔의 한복판을 가로지르는 사람의 입장에선 "시간이 약이야" "사라지지 않는 감정은 없어요" 같은 말을 듣는 순간 '좋은 말이지만 내게는 와닿지 않는 것 같아요'라는 표정을 지을지 모른다.

왜냐하면 그 사람의 시간은 삶의 하류로 흐르지 않고 슬픔이라는 웅덩이에 빗물처럼 고여 있기 때문이다.

마음이, 슬픔에 묶여 있기 때문이다.

나 역시 시간이 지나면 괜찮아질 거란 말에는 잘 기대지 않는 편이다. 그런 말이 입 밖으로 나오려 하면 도로 삼켜버린다. 너무 쉬운 위로처럼 느껴지는 탓이다.

단, 이 말이 단순히 '시간이 문제를 해결할 테니 걱정하지 마!'라는 뜻이 아니라, '시간이 흐르면 너는 지금보다 단단해질 테고 그땐 너만의 방식으로 문제를 정리할 수 있을 것으로 나는 믿어'라는 의미로 쓰일 때는 예외인 듯하다. 적어도 그런 경우에는 적잖은 위로가 된다.

위로란 무엇일까? 절망의 수렁에 빠진 사람을 건져내기 위해선 어떤 방법으로 위로의 마음을 전해야 할까?

단언컨대, 슬픔의 방에 홀로 들어가 고개를 파묻은 채 펑펑 울고 있는 사람을 향해 어서 나오라고 큰 소리로 고함을 지르는 행위는 위로가 되지 않는다.

'느린 노크'로 인기척을 냈는데도 대답이 없으면 문을 벌컥 열어젖히기보다, 스스로 눈물을 소진하고 슬픔을 말릴 수 있도록 그냥 내버려두는 것이야말로 참된 위로가 아닐까.

살다 보면 무턱대고 다가가기보다 관심과 무관심 사이 그 어디쯤에서 인내심을 갖고 누군가를 잠잠히 기다려 줘야 하는 순간이 있다.

이유는 자명하다.

그 사람을 기다릴 수 없으면 위로할 수 없고,

위로할 수 없으면 사랑할 수도 없기 때문이다.

002

행복은

그야말로
우연히 일어난다

아무리 마음을 뻗어도 소유할 수가 없기 때문에, 그저 그 세계 속으로 걸어 들어가거나 곁에 머물며 적당히 누려야 하는 것들이 많다.

행복이야말로 그렇다. 사람들은 불행을 감수하면서까지 행복을 움켜쥐려 애쓴다. 하지만 거의 접근했다고 생각하는 순간 신기루처럼 사라지는 것이 행복이다.

어떻게 해야 행복에 도달할 수 있을까. 죽기 전에 행복이란 낙원에 도착할 수 있기는 한 걸까. 행복이란 뭘까. 불행하지 않은 상태가 행복인가. 혹시 기쁨과 즐거움과 성취감 따위를 우리가 행복이라고 착각하며 사는 것은 아닐까.

이런 물음에 난 답할 수 없다. 여전히 행복이 무엇인지 알지 못한다. 어떤 방법과 절차로 그것을 쟁취할 수 있는지에 관해서도 나는 관심이 없다. 행복 앞에서 부산을 떨고 싶지 않다.

행복을 확신할 수 없기 때문인지는 모르겠지만, 나는 종종 행복에 관한 음모론을 떠올린다. 행복이 인류의 역사

속에서 자연스럽게 다듬어진 게 아니라 누군가에 의해 발명된 것은 아닐까 하는 엉뚱한 상상에 잠기곤 한다.

모름지기 사람은 충분한 만족감과 즐거움을 느끼면서 살아야 삶을 견딜 수 있다고 주장하던 고대 그리스의 어느 철학자가 궁리 끝에 행복이란 개념을 만들어낸 것은 아닐까? 행복을 설명하는 자리에서 철학자는 이런 이야기를 거창하게 늘어놓았을지도 모른다.

"인류가 마음을 공허하게 비워두지 말고 행복으로 가득 채우며 살았으면 합니다. 그렇다고 해서 행복을 마땅히 행해야 하는 의무로 받아들이진 않았으면 합니다. 그저 적당히 누리면서 사세요. 허허."

행복을 의미하는 영어 단어 'happiness'는 '행운' 또는 '우연히 일어난 사건'이라는 뜻을 지닌 중세 영어 'hap'에 뿌리를 두고 있다.

행복은 수많은 우연과 우연이 그야말로 우연한 계기에 의해서 서로 포개지고 스며든 결과인지 모른다.

행복을 포기하거나 기대하지 말자는 이야기가 아니다. 행복이 부질없다는 뜻도 아니다. 반드시 행복을 누리며 살아야 한다는 강박적 태도가 행복에 대한 혼란을 가중하는 것은 아닌지, 그런 태도 때문에 평범한 일상에서 얻을 수 있는 소소한 기쁨과 즐거움을 놓치고 사는 건 아닌지 한 번쯤 되돌아보자는 얘기다.

안타깝게도, 인간에게 행복을 관제할 수 있는 능력 따윈 없다. 억지로 노력한다고 반드시 행복해지는 것은 아니다. 남보다 두세 배 노력한다고 해서 남보다 두세 배 더 행복해질 거란 보장은 없다.

그러므로 행복에 대해 우리는 이렇게 말할 수도 있지 않을까?

행복을 향한 첫걸음은, 무조건 행복하게 살아야 한다는 강박에서 벗어나는 일이라고.

따뜻함을 내뿜는 사람들

밝은 모습으로 대중에게 즐거움을 안겨주던 어느 유명인이 스스로 생을 마감했다는 기사를 읽었다.

그의 마음이 무엇에 짓눌려 으깨어졌을지 생각해봤으나 나는 감히 짐작할 수 없었다. 신문을 덮으며 생각했다.

타인에게 따뜻한 말을 잘 들려주는 사람은 스스로에게도 그 말을 들려주고 싶은 사람인지도 모른다. 그들이 건네주는 따뜻한 이야기는 마음에서 절로 돋아난 것이 아니라 그들 내부의 따뜻한 무언가가 연소燃燒되는 과정에서 배출된 열과 빛이 아닐까?

나에게 안부를 묻다

키보드로 이름을 입력할 일은 많지만 입을 벌려 직접 발음하는 경우는 갈수록 줄어드는 것 같아서, 얼마 전부터 거울 앞에서 앞머리를 들춰볼 때마다 "기주야!" 하고 인사를 건넨다.

스스로 호명하는 일은 마음을 어루만지는 데도 보탬이 된다. 스트레스 상황에서 자신에게 말을 걸면 긴장이 완화된다는 연구 결과가 있다. 그러니 거울에 비친 얼굴이 파리해 보이는 날이면 친구에게 안부를 묻듯이 "철수야, 잘 지내지?" "영희야, 네가 편안하길 바라!"라는 식으로 자신의 이름을 불러보면 어떨까.

눈물이
실어 나르는 것

흔히 정화淨化로 번역되는 카타르시스katharsis 는 비극적인 예술 작품을 감상함으로써 마음에 쌓여 있던 어두운 감정을 해소하는 걸 의미하는데, 어원을 거슬러 올라가면 '배출' '배설' 등의 단어와 만나게 된다.

그래서일까. 숨을 헐떡이며 펑펑 눈물을 쏟아내고 나면 왠지 모르게 마음이 홀가분해질 때가 있다.

적당한 눈물은 몸과 마음에 도움이 됐으면 됐지 해가 되지는 않는 듯하다. 이를 뒷받침하는 의학적 근거도 있다. 눈물이 뺨을 타고 흘러내리면 부교감신경이 자극돼 잠

을 잘 때처럼 뇌가 편안한 상태로 접어드는 데다 눈물과
함께 독성 단백질이 배출되기 때문에 안구 건강에도 이
롭다고 한다.

눈물의 의학적 효용만큼이나 중요한 것이 심리적 효용
이리라.
젊은 시절 남편을 먼저 떠나보낸 어머니는 가슴에 묻어
둔 원통함과 서러움이 왈칵 목젖까지 차오르는 날이면
남몰래 강가로 달려가곤 했다.
강둑을 거닐며 나물을 뜯는 척하면서 찰싸닥대는 강물
소리에 울음소리를 파묻을 수 있었기 때문인데, 마음껏
울고 나면 그날 밤은 뒤척이지 않고 잠들 수 있었다고
한다. 짐작건대, 어머니가 흘린 눈물이 슬픔과 설움 같은
다스리기 어려운 감정을 마음 밖으로 밀어낸 게 아닌가
싶다.

우린 종종 눈물 덕분에 세월을 견뎌낸다.
눈물은, 눈물의 주인을 삶의 하류로 실어 나른다.

눈빛은
감정의 압축이다

오늘도 뉴스 화면 하단을 가로지르는 코로나19 확진자 수 자막을 확인하며 하루를 열었다. 코로나19의 기세가 세계를 뒤덮을 무렵, 난 이 책을 쓰기 시작했다.

혼돈의 시대다. 코로나19라는 몹쓸 균 때문에 인류가 쌓아온 규범과 제도가 해체되거나 재정립되고 있다.

코로나19는 인류에게서 참으로 많은 것을 앗아갔다. 외출과 만남의 기회가 줄어든 것은 물론이고, 코로나19가 아니었으면 자주 들었을 무수한 소리도 자취를 감추었다.

놀이터에서 아이들이 뛰어놀 때 솟아나는 시끌벅적함은 송두리째 사라졌고, 카페에서 새어 나오는 음악과 행인들의 목소리가 뒤섞여 일어나는 싱싱한 소란은 라디오 볼륨을 줄여놓은 것처럼 희미하게 들려온다.

얼굴 근육이 만들어내는 다채로운 표정도 얇은 마스크 뒤로 숨어버렸다.

다만 마스크가 얼굴의 절반을 덮어버린 탓에 우린 예전보다 더 간절한 눈빛으로 서로의 마음을 주고받는다.

타인을 향해 치아를 보이며 환하게 웃을 수 없는 대신, 은연중에 눈빛을 통해 감정을 드러내고 눈빛을 읽으며 속마음을 헤아린다.

최근 몸이 좋지 않아서 병원을 찾았다가 대기실 근처에 앉아 있던 다른 환자와 보호자들의 표정을 엿보았다.

대부분 굳은 눈빛으로 순서를 기다리고 있었다. 어떠한 결과라도 순순히 받아들이겠단 각오가 무표정한 얼굴을 통해 드러나는 것일까….

그럴 리가 없다. 어쩌면 그들은 차갑게 굳은 눈빛으로

불안한 감정을 꼭 붙잡고 있는 것인지도 모른다. 언제 터져 나올지 모를 슬픔과 두려움을 힘껏 틀어막으면서 위태로운 시간을 버텨내고 있는 것이리라.

눈빛은 감정의 압축이다. 때론 말과 글보다 눈빛에, 인간의 감정이 더 분명하게 인화印畵 된다.

마음속 심연에서 떠오르는 복잡한 감정은 대개 눈빛에 새겨진다.

아니, 어쩌면 눈빛으로만 겨우 드러낼 수 있는 감정이 존재하는 것인지도 모르겠다.

007

사람 마음에는   강이 흐른다

슬픔과 스트레스를 혼용하는 경우가 많지만 둘의 개념은 엄연히 다르다.

뭔가를 잃어버리거나 애통한 일을 겪으면서 애틋함과 괴로움에 마음이 뒤덮이는 것이 슬픔이라면, 스트레스는 우리가 정신적 그리고 신체적으로 감당하기 어려운 상황에 부닥칠 때 느끼는 불안과 위협의 감정이다.

스트레스를 줄이기 위해선 불확실성을 제거해야 한다고 전문가들은 입을 모은다. 예컨대 불안한 감정에 영향을 주는 불확실한 요소를 회피하지 말고 편지나 일기 쓰기 등을 통해 명확히 인식하는 것이 도움이 된다고 한다.

그래서일까. 평소 막연하게 품고 있던 부정적인 감정을 문장으로 써 내려가다 보면 '이젠 이 감정을 훌훌 털어 내고 지낼 때도 됐지'라는 생각으로 머릿속을 채운 채 키보드를 두드리고 있는 내 모습을 발견하곤 한다.

예전엔 도저히 견딜 수 없던 감정이 그런대로 견딜 만한 감정으로 축소되거나, 그 농도가 묽어진 것 같은 느낌을 받는다고 할까.

물론 스스로 마음의 상태를 살피고 감정을 다스리는 건 말처럼 쉬운 일이 아니다.

사람 마음에는 본인만 아는 강이 흐른다.

마음이라는 강물 위로 선하고 악하고 추하고 아름다운 감정들이 뚜렷한 규칙 없이 시시때때로 떠오르기 마련이다.

삶의 풍랑에 떠밀려 정처 없이 부유하는 감정들이 어떤 이유로 생겨나서 어디로 흘러가고 또 언제 흩어지는지 우린 감히 헤아리거나 예측할 수가 없다.

모르긴 몰라도 "마음의 밑바닥에서 노여움이 용암처럼

들끓으면 숨을 크게 들이마시고 참을 인忍을 세 번 생각하세요. 도움이 됩니다!"라는 식의 문장을 자신의 책에 써놓은 작가들 중에도 자기감정을 조절하지 못해 어려움을 겪는 이들이 아마 많을 것이다.

다만 감정을 완벽히 통제할 수 없다는 이유로 노여움, 적개심, 수치심, 열등감, 실망감 따위가 마음의 표면을 거칠게 훑고 지나간 흔적을 방치해선 곤란하다.
마음에서 부정적인 감정이 솟아나게 된 원인과 배경을 뒤늦게라도 들여다봐야 한다.
내 마음과 감정의 주인은 '나'일 수밖에 없다는 믿음을 지우개 삼아, 마음에 움푹 팬 부정적인 '감정의 자국'을 지워버려야 한다.
그렇지 않으면 우리의 마음은 훗날 비슷한 상황에서 또다시 유사한 상처를 입을 수밖에 없다….

008

마음이 자연스레
기울어지는 순간

EBS의 〈건축 탐구-집〉이
라는 프로그램을 즐겨 본다. 집에 얽힌 다양한 사연이
소개되는데, 최근 방송에선 도시의 삶을 정리하고 귀향
해 노모가 사는 집 근처에 터를 잡은 60대 여성이 출연
했다.

모친의 손을 쓰다듬으며 그녀가 말했다.

"어머니가 연로해서 잘 걷지도 못하시거든요. 그런데 필
요한 게 있으면 언제든 불러달라고 해도, 제 눈치를 보
는지 선뜻 도움을 요청하지 않으세요. 예전엔 말과 행동

에 거침이 없는 분이었는데 이제 어머니도 늙으셨구나 생각하니 정말 속이 상합니다."

순간, 거실에서 함께 방송을 시청하던 어머니가 TV를 가리키며 낮은 소리로 말했다.

"저기 저 마을, 내가 살던 곳과 비슷하구나."

"아, 정말요?"

"그래. 우리 마을 어귀에도 느티나무가 있었어. 정말 비슷해. 언제 한번 가보고 싶구나."

"방송 보면서 계속 고향 생각하셨어요? 말이 나온 김에 내일 슬쩍 다녀올까요?"

"내일? 아니다. 네가 바쁘잖니. 기차표도 없을 테고. 내가 괜한 소리를 꺼낸 것 같구나. 언제 기회가 되면 가보자꾸나."

어머니의 말에 난 고개를 끄덕이며 "그래요, 그럼" 하고 대답했다. 하지만 사랑하는 사람이 건네주는 말과 행동은 우리의 생각과 감정을 휘저어놓기 마련이다. 결국 그 말과 행동이 흘러가는 방향으로 우리의 마음도 자연스레 기울어지고 만다.

그날 밤 나는 휴대폰을 꺼내 들어 기차표를 예매했다. KTX와 새마을호가 서지 않는 간이역이었는데, 하루 전에 예매가 가능했다.

다음 날 날이 밝자마자 난 어머니 앞에서 휴대폰 화면을 손으로 가리키며 전장에서 승전보를 전하는 병사처럼 당당히 외쳤다.

"어서, 고향 갈 준비하세요!"

어머니는 눈을 휘둥그레 뜨며 되물었다.

"장난치는 거 아니지? 그런데 몇 시 기차야?"

몇 시간 뒤 우린 용산역에 도착해서 무궁화호 기차에 몸을 실었다. 플랫폼을 떠난 기차가 덜컹덜컹 소리를 내며 속도를 높이기 시작했다. 어머니는 창밖으로 스쳐 지나가는 풍경을 한동안 말없이 바라보았다.

어머니의 시선은 유년의 기억이 깃든 고향 마을을 향하고 있는 것처럼 보였다. 마스크로 얼굴을 가렸음에도 어머니의 눈동자는 그날따라 유난히 반짝였다.

009

드는 생각   그리고 하는 생각

　　　　　　　　사람의 생각을 크게 '드는
생각'과 '하는 생각'으로 분류하는 신경정신과 의사들이
있다.

'드는 생각'은 머릿속에서 우연히 솟아나는 생각이다. 마
음대로 제어할 수가 없다. 생각이 불쑥불쑥 고개를 드는
순간 두더지 잡기 게임을 하듯이 생각을 내려쳐 억누를
수 없거니와 일부러 끄집어낼 수도 없다.

기발한 착상이나 자극을 뜻하는 '영감'이야말로 '드는 생
각'과 계통적으로 가깝다고 볼 수 있는데, 이 단어의 한
자가 신령 영靈에 느낄 감感이라는 사실도 흥미롭다.

영감을 떠올리는 것은 인간의 의지대로 되지 않는다는
뜻일까?

이에 반해 하나의 생각에서 멈추지 않고 또 다른 생각을
계속 이어 붙이는 것은 '하는 생각'의 범주에 속한다.
'하는 생각'은 생각의 절벽에서 새로운 생각을 연이어
태어나게 하거나, 생각의 조각들을 접합接合함으로써 생
각의 덩어리를 더 크게 만드는 것을 의미한다.
일상적인 업무를 처리하거나 해결책을 마련해야 하는
문제를 다룰 땐 이런 발상의 과정이 당연히 도움이 된
다. 아니, 꼭 필요하다.
문제는 부정적인 생각이 영원히 끝나지 않는 형벌처럼
끊임없이 이어지는 경우다. 걱정에 걱정을 얹고 그 위에
또 다른 걱정을 잇따라 얹다 보면 고민을 해결하는 데
필요한 진단을 내리긴커녕 수만 가지 고민거리로 머릿
속이 뒤엉켜 더 깊은 혼란으로 빠져들 수도 있다.

그러므로 처음 떠올린 생각에서 너무 멀리 떠나온 것 같다면, 걱정에 잠기는 시간이 지나치게 길어지는 것 같다 싶으면 적절한 동작과 행위로 생각에 제동을 걸 필요가 있다.

예를 들어 몸을 움직여 간단한 운동을 하거나 마음을 달래주는 편안한 음악을 듣거나 고민에 휩싸이게 된 공간에서 즉시 벗어나는 등 일상에서 손쉽게 취할 수 있는 방법으로 생각의 꼬리를 끊어야 한다.

잡다한 생각이 일으킨 소용돌이 속으로 마음이 휘말려 가라앉도록 그냥 놔둬서는 안 된다.

때론 생각을 삭둑 잘라내서 마음을 지켜야 한다.

010

남을 미워하면

그만큼의 에너지를
써야 한다

고백건대, 아주 약한 강도의 미움과 증오는 인생에 보탬이 될 수도 있다고 생각하던 시절이 있었다.

학교와 회사에서 안하무인으로 우쭐대는 인물을 향해 때때로 흐릿한 미움을 품음으로써 경쟁에서 그를 이길 수 있었고, 만만해 보이는 후배만 골라서 하이에나처럼 괴롭히는 선배 앞에서 종종 날카로운 감정을 표출함으로써 권리와 이익을 지켜낸 경험이 있었기 때문이다.

아마 미움의 감정을 느껴본 적 없는 사람은 없으리라. 미움은 일상에서 자연스럽게 일어나는 감정 중 하나다. 미움의 대상은 먼 곳이 아니라 대개 가까운 곳에 있다. 마음이라는 그릇에 담겨 있던 사랑이 빠져나간 뒤, 그 자리에 미움이 채워지는 건 그야말로 순식간이다.

하지만 이제 나는 안다. 누군가를 미워하기 위해서는 그만큼의 에너지를 써야 한다는 사실을 말이다.

어떤 사람을 미워하는 마음이 크면 클수록 그 사람이 내 삶에서 차지하는 비중은 높아질 수밖에 없으며, 그 사람을 미워하는 시간이 늘어날수록 내 마음을 들여다보고 돌볼 시간도 줄어들 수밖에 없다.

마음의 에너지는 무한정으로 흐르지 않을진대, 타인을 미워하느라 그 한정적인 에너지를 내가 아닌 남을 향해 쏟아내다 보면 정작 힘을 내야 하는 순간 아무것도 하지 못하고 맥없이 주저앉는 수가 있다.

알 파치노 주연의 영화 〈대부〉 3편엔 미움에 관한 촌철살인의 대사가 흐른다.

마이클 코를레오네알 파치노는 조직을 지키고 세력을 확장하기 위해 조카 빈센트앤디 가르시아를 후계자로 낙점한다. 빈센트는 주체할 수 없는 커다란 칼을 마구 휘두르는 망나니 같은 인물이다. 갈등을 빚던 조직을 향해 시도 때도 없이 복수의 칼날을 겨눈다.

그런 빈센트 앞에서 코를레오네가 사자후를 토한다.

"적을 미워하지 마. 판단력이 흐려져선 안 돼!"

마음에서 다른 감정을 모조리 몰아내고 오로지 증오만 쌓으며 살아가는 사람은, 삶의 에너지를 어디에 써야 하는지 모르는 사람이다.

무엇보다, 마음을 증오로만 물들이면 판단력이 흐려질 수밖에 없다.

평정심을 잃고 일을 그르친 후 '감정적으로 대응하면 안 되는 일인데 내가 왜 그랬을까'라는 후회를 뒤늦게 해봤자 무슨 소용이 있겠는가?

그땐 있는 힘을 다해 마음에서 미움을 뽑아내려 해도 뽑히지 않을지 모른다. 미움이 너무 깊이 박혀버렸기 때문에, 아니 어쩌면 마음과 미움이 하나로 포개져서 둘을 분리할 수 없는 지경에 이르렀기 때문에.

011

마음도 무언가에 기대야
쉼을 얻는다

'명창정궤明窓淨机'는 밝은 창에 깨끗한 책상이라는 뜻으로 잘 정돈된 서재와 책상을 비유적으로 이르는 말이다.

개인의 취향에 따라 명창정궤를 꾸리는 방법이 다를 터. 내 경우엔 책이 숨 쉬고 잠드는 공간, 즉 서가에 책을 꽂을 때 작가나 장르별로 분류하지 않고 표지 색별로 정리하는 편이다.

이는 '만약 책에도 자아가 있다면 비슷한 색깔로 옷을 차려입은 녀석들끼리 어울리고 싶어 하지 않을까?'라는 얼토당토않은 상상에서 출발한 것이다. 표지의 색상만 잘 기억해두면 책을 찾을 때 수월하다는 장점도 있다.

개인의 취향은 물건을 정리하는 방식과 생활 습관, 그리고 취미 활동에도 깃들기 마련인데, 취향이 적절히 반영된 취미는 여가 시간을 보내는 데 보탬이 될 뿐만 아니라 어수선한 마음을 다잡는 데도 도움이 된다.

'그 사람 왕년엔 잘나갔지만 지금은 한물갔잖아?'라는 조롱에 시달리던 연예인이나 운동선수가 한동안 본인의 영역에서 벗어나 한가로이 낚시를 즐기거나 악기를 연주하면서 슬럼프를 극복했다는 이야기를 우린 심심찮게 접한다.

쉼을 뜻하는 한자 휴休가 나무木 옆에 사람人이 기댄 모습이듯, 사람은 때로 무언가에 기대야만 진정한 휴식을 취할 수 있다.

육신의 쉼뿐만이 아니라 마음의 쉼도 그러할 것이다.

특히 내면에서 솟아나는 다양한 감정을 온전히 느끼지 못하고 절망감과 무력감 같은 부정적인 감정에만 질질 끌려다니는 상황이라면, 자기만의 장소와 취미 등으로 눈을 돌려 휴식을 취하면서 마음을 내려놓을 줄도 알아야 한다.

길을 뜻하는 영어 단어 'road'와 짐을 뜻하는 'load'의 철자가 비슷하다. 그래서일까, 사람마다 삶의 방향이 다른 만큼 저마다 다른 짐을 어깨에 지고 살아간다.

삶의 무게가 어떠한지는 그 짐을 짊어지고 가는 사람만 안다.

단, 짐의 무게를 이기지 못해 중심을 잃고 휘청거리는 순간 혼자만의 힘으로 스스로를 떠받칠 수 있는 사람은 그리 많지 않다.

인간의 마음은 늘 기댈 곳을 필요로 한다.

012

함부로
반성하지 말 것

살다 보면 누구나 실수를 저지르기 마련이다. 하지만 실수를 겸허히 인정하는 사람은 드물다.

실수의 원인을 자신에게서 찾지 않고 타인에게서 찾는 경우가 있는가 하면, 자존심 때문에 실수를 인정하지 않는 실수를 저지르는 사람도 부지기수다.

반대로 모든 원인을 자기 탓으로 돌리는 이들도 간혹 보게 된다. "누굴 탓하겠어. 나를 돌아봐야지…"라고 습관적으로 되뇌면서, 성찰의 시간을 갖는 데 익숙한 사람들 말이다.

철저한 반성을 통해 도달한 결론이 삶에 정말 도움이 되
느냐 하면 그것도 아닌 듯하다.

돌이켜보면, '모두 내 잘못이야!'라는 생각에 사로잡혀
마음이 움츠러든 상황에선 실수를 제대로 인식하거나
바로잡지 못했던 것 같다.

오히려 해부하듯이 잘못을 뜯어보고 나에 대한 의문을
줄기차게 제기함으로써, 더 깊고 넓은 죄책감의 늪으로
미끄러져 들어갔던 것 같다.

제 잘난 맛에 우쭐대는 자만에 빠지는 것도 좋지 않지
만, 자신에 대한 증오에 빠지는 자기혐오 속으로 잠겨
들어가는 것도 바람직하지 않다.

자신을 보잘것없는 존재로 만들어버리는 것과 스스로
부족함이 없는지 되돌아보는 것은 전혀 다른 문제다.

실수를 범했다는 이유로 무작정 '마음의 창문'을 열어
쓰레기 버리듯이 자존감과 자긍심을 내던지며 자신을
꾸짖기 전에, 심신의 상태를 온전히 추스르는 게 먼저가
아닐까 싶다.

성찰과 반성도 몸과 마음이 온전할 때 해야 피가 되고
살이 된다고, 나는 생각한다.

그러니 너무 쉽게, 함부로 반성하지 말 것!

013

머리는 차갑게
발은 따뜻하게

"머리는 차갑게, 발은 따뜻하게."

한의학에 정통한 사람이 주변에 있다면 들어봤을 법한 말이다. 한의학에서 인체의 조화로운 상태를 가리킬 때 자주 언급하는 말이 '수승화강水昇火降'이다. 차가운 기운은 몸 위쪽으로 올리고 뜨거운 기운은 아래쪽으로 내려야 건강을 유지할 수 있다는 뜻이다.

어떤 이들은 여기서 한 발, 아니 두 발 더 나아간다. 화가 솟구쳐서 가슴이 답답하고 번잡할 땐 물 흐르는 소리를 들으면 감정을 다스리는 데 좋고, 몸이 축 처지면서 다리가 오들오들 떨리고 기운이 없을 땐 뜨거운 국물을 먹거나 찜질을 해서 땀을 내는 게 도움이 된다고 이야기한다. 완벽히 동의하진 않지만 사리에 맞지 않는 얘기도 아닌 것 같다. 나 역시 스트레스를 받아서 마음이 뒤숭숭한 날일수록 거리에서 물소리가 들리면 가던 길을 멈추고 소리가 나는 쪽으로 퍼뜩 고개를 돌리곤 한다.

물소리에 찬찬히 귀를 기울이다 보면, 물이 내 안으로 스며들어 날 괴롭히는 감정들을 꽉 부여잡고는 마음의 밑바닥으로 가라앉히는 듯한 기분이 든다.

우리가 물과 불을 멍하니 바라보며 시간을 흘려보내는 이른바 '물멍'과 '불멍'으로 헛헛한 마음을 달래는 것도 어쩌면 이런 이유 때문인지 모른다.

이런 내 생각은 서울 여의도에 있는 '더현대 서울'이란 백화점에 다녀온 후 더욱 굳어졌다. 평일 오후임에도 불구하고 많은 사람이 쇼핑을 즐기고 있었는데, 특히 건물 중앙에 기둥처럼 세워져 있는 인공 폭포 주변으로 인파가 몰려들었다.

나는 그들의 표정을 슬그머니 엿보았다. 일부는 유행에 뒤처지지 않겠다는 다짐이라도 하듯이 눈에 힘을 잔뜩 주고 다른 쇼핑객의 옷차림을 매섭게 살피고 있었지만, 대부분의 표정은 숲길을 산책하는 사람들처럼 무척이나 편안해 보였다.

뭐랄까. 그들을 둘러싼 시설이 인공적으로 만들어졌단 사실을 망각하고 있는 것처럼 보였다.

노련한 조율사의 조율을 거치기라도 한 것처럼 적당히 듣기 좋은 소리를 내뿜으며 콰르르 쏟아지는 물줄기를 바라보는 그들의 눈빛은, 자연에서 진짜 폭포를 향해 고개를 쳐드는 사람들의 그것과 별반 다르지 않았다.

그들은 눈빛으로 말하고 있었다.

"우리는 단순히 휴식을 취하기 위해 이 대열에 합류한 사람들이 아닙니다. 인생살이에서 비롯된 근심과 번뇌, 그것들로 인해 지나치게 뜨겁게 달궈진 마음을 차갑게 식히기 위해 이곳에 모여든 겁니다. 이렇게 틈이 날 때마다 뜨거운 기운을 없애지 않으면 가슴이 타들어가는 것 같아서요. 그렇게 되면 이 도시에서 냉정을 유지할 수가 없지요. 아무튼 우린 종종 이렇게 해야만 합니다" 라고.

014

언어의 해상도

"당최 이해할 수 없는 이야기만 늘어놓고 있잖아!"라는 말을 일터에서 내지른 경험이 있을 것이다. 누군가를 매섭게 노려보거나 고개를 갸웃거리면서 말이다.

어쩌면 당연한 일일 것이다. 살다 보면 나조차도 나를 이해하기 어려운 순간이 있기 마련인데, 어떻게 남을 쉽게 이해하고 남이 하는 이야기를 단번에 알아들을 수가 있겠는가.

타인에 대한 완벽한 이해는 애당초 불가능한 것일지도 모른다.

나 역시 타인과의 의사소통에서 어려움을 겪는 순간이 적지 않다. 마치 들을 수 없는 음악과 보이지 않는 그림을 주고받는 듯한 기분이 든다고 할까. 그때마다 이런 질문을 던져보곤 한다.

그렇다면 만물의 영장이라는 인간이 다른 인간과 언어를 교환하는 과정에서 쉽게 오해하고 또 오인하는 이유가 뭘까? 왜일까?

여러 이유가 있겠지만, 언어의 해상도가 생각의 해상도보다 낮은 것이야말로 소통을 방해하는 주요한 원인이 아닐까 싶다.

그렇지 않나. 인간의 생각에 비해 언어가 지닌 선명도는 현저하게 떨어질 수밖에 없다. 아무리 많은 언어를 쏟아내며 상세히 쓰고 또 말한다고 해도 머리에 담겨 있는 생각을 있는 그대로 타인에게 전달하기란 결코 쉬운 일이 아니다.

말과 글은 종종 무력하다. 언어로 표현할 수 없는, 결코 닿을 수 없는 세계가 엄연히 존재한다. 생각을 언어로 전환하는 과정에서 내용이 흐려지거나 오염되는 경우가 다반사다.

언어가 세상으로 뻗어나가는 속도도 상상을 초월한다. 가히 빛보다 빠르다. 언어의 꼬리는 어지간해선 잡히지 않는다.

이런 까닭에, 대부분 사람은 본인이 얼마나 힘들게 살아가고 있는지 타인이 헤아려주길 바라면서도 속마음을 쉽게 드러내지는 않는다.

삶의 비애를 구구절절 늘어놓으며 심중에 묻어둔 감정을 투명하게 보여줬다가 혹여 상대가 "아니, 겨우 그런 일 때문에 힘들어하는 거야?"라는 식으로 가볍게 반응할 경우 마음만 다칠 수 있기 때문이다.

돌이켜보건대 대화의 테이블 위에 어렵게 올려놓은 내 상처를 나와 가까운 사람이 하찮게 여기는 것만큼 씁쓸한 일도 없었던 것 같다. 그랬던 것 같다.

욕심의 수위

자동차 정비업소를 방문했
다가, 타이어 내부의 공기압이 너무 높아도 문제가 될
수 있다는 이야기를 들었다.

지나치게 팽창된 타이어로 차량을 운행하다 보면 자칫
타이어의 가운데 부분이 집중적으로 마모돼 대형 사고
로 이어질 수도 있다고, 엔지니어는 설명했다.

차를 몰아 집으로 향하며 생각했다. 타이어의 공기압을
수시로 확인해야 하듯이, 사람도 마음속 '욕심의 수위'를
틈틈이 점검해야 하는지 모른다고….

대체 감정

평소 화를 내지 않는 사람 중엔 온화한 성정을 타고나서 언짢은 감정을 품지 않는 사람이 있고, 화 자체는 자주 느끼지만 간신히 억누르며 사는 사람도 있다.

후자의 경우, 분출하지 못한 화의 감정이 무력감이나 우울감으로 탈바꿈하는 경우도 더러 있다고 한다. 이를 '대체 감정'이라고 부른다. 대체 감정은 말 그대로 다른 감정을 대신하는 것에 불과하다. 애초에 나의 내면에서 태어난 것이 아니므로 댐을 열어 물을 방류하듯이 마음의 문을 열어 세월이란 강물에 놓아주면 그뿐이다.

의미가
바스러지는 순간

'천상운집千祥雲集'이란 말이
있다. 천 가지 상서로운 일이 구름처럼 밀려온다는 뜻이
다. 여기에는 전제 조건이 있다. 구름 떼 같은 운을 마주
하려면 천 가지 선행을 실천해야 한다고 한다.

하기야 세상일이 어찌 원인 없이 결과만 있겠는가. 인간
사 모든 일이 인과因果의 법칙 아래 놓여 있기 마련이다.
운도 예외일 수 없다.

이왕 구름에 관한 말을 꺼냈으니 구름에 얽힌 이야기 하나를 소개해본다. 하늘을 의미하는 영어 단어 'sky'는 8세기 말에서 11세기 초까지 북유럽 일대를 호령한 바이킹의 언어에 뿌리를 둔다. 바이킹의 일상에서 중요한 의미를 차지했던 이 단어는 당시만 해도 '구름' '덮다' 등의 뜻으로 사용됐다.

이쯤에서 상상력을 발휘해보자. 광대한 바다를 무대로 활동한 그들은 망망대해에서 어떻게 날씨를 예측하고 또 항로를 선택했을까?

어쩌면 그들은 끊임없이 흘러가는 구름을 관찰하면서 날씨를 내다봤을지 모른다. 시력이 좋은 바이킹 몇몇은 갑판에서 구름을 추적하는 일을 담당했을 테고, 틈틈이 하늘을 향해 외쳤으리라.

"구름님, 당신이 하늘에 떠 있기 때문에 하늘은 우리에게 의미가 있습니다. 만약 당신이 하늘 속에 박혀 있지 않다면, 우린 하늘을 향해 고개를 들지 않을 겁니다. 그러니 구름이시여, 제발 알려주소서. 우린 어디에서 왔고,

또 어디로 가야 합니까?"

생존과 항해를 위해 하늘보다 구름에 큰 의미를 두던 바이킹과 달리, 구름이 잔뜩 낀 날씨에 익숙한 영국인들은 구태여 하늘과 구름을 명확하게 구별해서 지칭할 필요가 없었다. 마침 하늘을 가리키는 어휘가 마땅치 않았던 상황, 바이킹에 의해 영국에 전해진 sky는 점차 구름의 의미를 잃으면서 하늘을 뜻하는 단어로 굳어진 것으로 추정된다.

삼라만상의 모든 것은 그걸 바라보고 수용하는 사람의 마음속에 머물 때, 마음과 맞닿아 한데 비벼질 때 비로소 의미를 지닌다.

아무리 희소하고 값진 것일지라도 마음의 바깥쪽으로 벗어나는 순간 그 의미가 축소될 수밖에 없다.

비단 단어만이 아니다. 우리 곁을 정처 없이 떠돌면서 숱하게 명멸하는 삶의 모든 것이 마음의 안쪽에 있을 땐 영원할 것 같아도 밖으로 내쫓김을 당하면 늦가을 찬바람에 잘게 조각나는 낙엽처럼 바스러지고 만다.

산산이 부서져 시간의 바람을 타고 덧없이 흩날리다가
허공에서 서서히 자취를 감추고 만다.
사랑도, 미움도, 그리움도….

2부

사랑은 마음의 날씨를 살피는 일인지 모른다

사랑〰

001

함께
무지개를 바라볼
사람이 있는가

옛날 옛적 어느 마을에 한 선비가 살았다. 평소 그는 멀리 떨어져 있는 스승과 편지로 소식을 주고받았다. 비가 억수같이 쏟아지는 날이었다. 마당에 내리꽂히는 빗줄기를 바라보던 선비가 혼잣말하듯 중얼거렸다.

"비가 그치고 구름이 물러나면 하늘에 무지개가 펼쳐질 텐데, 어떤 사람과 바라봐야 하지?"

아무리 생각해도 함께 무지개를 보고 싶은 사람의 얼굴이 떠오르지 않은 선비는 스승에게 편지를 띄웠다.

"스승님, 어쩌다 마주하는 아름다운 풍경이 섬광처럼 제 마음을 가로지를 때가 있습니다. 붙잡을 수 없고, 돌이킬 수 없는 그런 고귀한 풍경과 순간을 제가 어떤 사람과 나눠야 하나요?"

며칠 뒤 도착한 답장에는 짤막한 문장이 적혀 있었다.

"뭘 그리 복잡하게 생각하는가. 함께 비를 맞은 사람과 무지개를 바라봐야지. 둘만의 시간 속에서."

사랑의 대상은
책과 닮았다

소설 《연인》을 쓴 마르그리트 뒤라스는 사람을 가리켜 한밤중에 펼쳐진 책이라 했다. 사람은, 특히 사랑의 대상은 책과 닮았다.

사랑에 빠지는 순간 우린 벼락치기 공부를 하느라 밤을 새우는 수험생처럼 서로의 면면을 무작정 빨리 읽는다. 하지만 마지막 장을 넘기고 책장을 덮는 순간에는 책 한 권을 다 읽었다는 뿌듯함이 아니라 묘한 아쉬움을 느낀다. 이해하지 못한 구절이 많았음에도 너무 성급히 페이지를 넘긴 건 아닌가 하는 후회와 함께….

사랑이라는 꽃이
자라는 토양

"흔히들 말한다. 상대가 원하는 걸 해주는 것이 사랑이라

고. 하지만 그건 작은 사랑인지도 모른다. 상대가 싫어하는

걸 하지 않는 것이야말로 큰 사랑이 아닐까."

_《언어의 온도》 중에서

아름다운 꽃도 때론 날 선 칼이 될 수 있다고, 나는 생각

한다. 사랑을 표현하는 행위야말로 그렇다.

우린 종종 사랑이라는 미명 아래 '다 너를 위한 것이니

무조건 받아'라는 식으로 소중한 사람의 품에 무언가를

한가득 안겨주려다가 의도치 않은 상처를 주곤 한다.

하지만 내게 좋은 것이라고 해서 다른 사람에게도 무조건 좋으란 법은 없다. 이를 인정하는 과정을 꼭 밟아야 사랑은 지속한다.

어쩌면 사랑에 빠지는 일은 그리 어렵지 않은 것인지도 모른다. 살면서 우린 다양한 유형의 사랑을 매번 다른 강도로 경험한다. 다만 우연히 시작된 사랑을 꿋꿋하게 이어가는 건 생각보다 어려운 일이다. 서로의 마음속 밑바닥에 잠복해 있는 내밀한 감정을 짐작하고, 상대방이 싫어하는 것과 좋아하는 것이 무엇인지를 헤아리려면 상당한 시간과 노력이 필요하기 때문이다.

어떤 꽃은 특정한 토양과 기후에서만 자란다고 한다.
그렇다면 사랑은 정교함이라는 땅 위에서 노력이라는 비를 맞으며 튼실하게 자라는 꽃이 아닐는지….

따뜻한 말 한마디
나누고 싶어서

난 병원 수술실 앞에서 오랜 시간을 서성이며 세월을 건너왔다.

어머니는 수술을 받을 때마다 "기주야, 난 너 같은 아들 만나서 좋았어…"라는 문장을 들려주셨다. 누구나 가슴 깊숙한 곳에 애틋한 문장 하나쯤 박혀 있으리라.

마음에 너무 지독하게 달라붙은 탓에 세상 풍파에 날아가지 않는 말, 세상에 발을 헛디디는 순간 불쑥 솟아나 주저앉은 마음을 일으켜 세우는 버팀목 같은 한마디가. 어쩌면 우리는 누군가와 그런 따뜻한 문장 하나 나누기 위해 이 세상에 온 것이 아닐까?

마음의 날씨

사랑의 대상은 대체될 수 없다.
다른 인물로 대체될 수 있다면 그건 사랑이 아니다.
대체되지 않는 존재는 특별하다.
특별하기 때문에 궁금하다.
지금 그 사람은 어떤 마음으로 살아가고 있을까?

우리는 누군가를 사랑하면 상대의 마음에 비가 오는지,
햇볕이 내리쬐는지, 바람이 부는지, 파도가 몰아치는지
세세히 살핀다. 사랑하는 사람의 '마음의 날씨'를 보고
듣고 느끼고 염려하는 사랑의 관찰자가 된다.

사랑하는 사이에는
별일이 아닌 것이 없다

상처를 덜 받으려는 목적인
지 모르겠지만 이별을 겪은 뒤, 별일 아닌 일로 헤어졌
다고 말하는 이들이 있다.

글쎄, 사랑하는 사이에 별일이 아닌 것이 있기나 할까?

인간의 마음은 수백 수천 개의 각기 다른 방이 촘촘히
연결된 벌집 같은 구조로 이루어져 있을지 모른다. 하나
의 방에서 일어난 소란은 다닥다닥 붙어 있는 다른 방들
로 퍼져나가며 크게 증폭되기 마련이다. 조그마한 돌멩
이 하나가 고요한 호수에 파문을 일으키듯, 이별과 사랑
은 극히 작은 일에서 비롯된다.

질문은

**부모와 자식을
연결하는 교각**

최근 '클럽하우스'라는 소셜
미디어에 가입해서 가족에 얽힌 사연을 주고받았는데,
한 참여자가 아버지에게서 들은 말을 나누고 싶다며 이
야기를 들려주었다.

"혹시 네 어린 시절을 기억하는지 모르겠다. 아이들이
부모에게 '이 단어, 무슨 뜻이야?' 하고 물으면 부모는 그
단어를 쉽게 설명해주기 위해 수도 없이 고민하지. 아이
의 세계를 넓혀주고 싶으니까. 그런데 그런 부모가 백발
의 노인이 돼서 자식 앞에서 어쩌다 질문을 하면 자식들
은 건성으로 대답하는 경우가 많아. 귀찮다는 듯이…."

대부분 사람은 부모와 자식 간의 인연이 고래 심줄처럼 질겨서 서로 무심하게 대하더라도 평생 끊어지지 않고 관계가 유지될 것으로 여긴다. 하지만 정말 그럴까? 부모와 자식 사이만큼 예민하면서도 복잡한 관계가 또 있을까 싶다.

서로가 서로에게 가장 가깝고 소중한 존재라는 걸 알지만 그런 사이에서 일어날 수 있는 크고 작은 오해로 가까워졌다가 멀어지기를 반복하기 마련이고, 오랫동안 마음에 누적된 감정의 앙금이 잦은 다툼으로 이어지면 남보다 못한 사이처럼 느껴질 때도 있다.

게다가 세월의 강물은 시간이 흐를수록 폭이 넓어지고 유속도 빨라져 부모와 자식 사이를 점점 더 갈라놓는 법이다. 관계를 유지하려면 서로를 가로지르는 다리를 놓는 수밖에 없다.

요컨대 일상에서 사소한 질문과 답변을 주고받으면서 서로의 생각과 감정을 공유하는 방법이야말로 부모와 자식을 연결하는 훌륭한 매개가 될 수 있다.

하지만 어른이 된 자식들은 부모의 품에서 순전히 혼자만의 힘으로 벗어나 부모가 겪은 세계보다 훨씬 넓은 세계에서 자신이 살고 있다는 착각에 빠지곤 한다.

그래서 부모의 질문을 귀찮게 여기고 질문에 숨어 있는 부모의 감정과 의도를 헤아리지 않는다. 부모의 질문이 세월에 떠내려가도록 그냥 내버려둔다.

그렇게 문답問答이라는 보이지 않는 교각을 해체하고 마는 것이다.

어린 시절, 부모와 무수한 질문과 대답을 주고받았다는 사실을 깡그리 잊은 채 말이다.

008

해마다 봄이 되면
행하는 의식

사람마다 계절을 건너가는
과정에서 치르는 고유한 의식이 있기 마련이다.
옷장 속에 자유분방하게 널브러져 있는 옷을 뚫어져라
바라보면서 계절에 어울리는 것과 버릴 것을 선별하는
사람이 있고, 집을 대대적으로 청소하고 가구를 재배치
하면서 집의 표정을 바꾸고 자신의 마음을 환기하는 사
람도 많다.

난 봄이 무르익고 볕이 따가워지기 시작하면 어머니께 챙 넓은 모자를 사드리는 편이다. 모자를 건네받는 순간 어머니는 곧장 거울 앞으로 다가가 엷은 미소를 지으며 말씀하신다.

"네가 작년에 사준 것도 좋은데, 이것도 괜찮은 것 같구나. 고맙다."

어머니의 미소가 내게 은은하게 번져올 때마다 세월 저편에서 어린 시절의 기억이 넘실거린다.

초등학교에 다닐 때였다. 사정이 있어서 어머니와 잠시 떨어져 지낸 적이 있다. 어머니는 할머니 댁에서 지내던 나를 토요일이나 일요일마다 보러 오셨다. 어머니와 이야기를 나눌 수 있는 시간은 기껏 반나절 정도였다.

주말 오후가 되면 다시 버스에 오르는 어머니를 향해 나는 까치발을 들어 손을 흔들었다. 그때마다 어머니는 손바닥을 창문에 밀착하고는 연신 고개를 끄덕였다.

훗날 어머니께 질문을 건넨 적이 있다.

"왜 그때 매번 고개를 끄덕끄덕하셨어요?"

"자꾸만 눈물이 나와서 그랬지. 고개 숙이면서 눈 질끈 감고 울음 참으려고, 눈물 숨기려고…."

어느 따뜻한 봄날, 자식 앞에서 눈물을 흘릴 수 없었던 어머니가 어딘가에서 남몰래 무수한 눈물을 파묻었을지 모른다고 생각하면 나는 요즘도 가슴이 아려온다.

그 먹먹함이 내 마음을 덮칠 때면 창문을 열어 봄기운을 방으로 불러들인다. 숨을 깊게 들이마시며 봄바람에 녹아 있는 꽃내음을 맡다 보면 맑고 달달한 향기가 내 몸 구석구석을 돌아다니는 것 같은 기분이 든다.

그러면 내가 이 봄을 헛되게 보내며 사는 건 아니구나, 하는 생각에 마음이 한결 가벼워진다.

봄을 건너가는 과정에서 나는 더없는 안도감을 느낀다.

009

**퇴근길에
웃음을 되찾는 사람들**

이른 아침에 세상과 만나기
위해 집을 나서는 사람들의 얼굴이 SF 영화에 등장하는
무표정한 로봇처럼 보일 때가 있다. 아니, 무표정을 넘어
때론 전투적인 분위기가 넘쳐흐르는 경우도 있다.
저마다 사정이 있을 테지만, 어떤 이들의 얼굴엔 '출근길
에 날 건드리면 가만히 있지 않겠어!'라는 선전 포고가
쓰여 있는 것처럼 보일 정도다.

반대로 밥벌이를 마치고 집으로 향하는 사람들, 집에 두고 온 가족 혹은 자신의 자아自我를 만나기 위해 퇴근길 버스에 몸을 싣는 이들의 얼굴은 평온하기 그지없다.

그들의 표정에선 긴장이나 울분을 찾을 수 없다. 설령 몸은 지쳐 있더라도 입꼬리는 올라가 있기 마련이다.

아침에 적군과 대적하기 위해 전열을 정비했던 군인이 초저녁에 별안간 평화 협정을 맺고 웃음을 되찾은 모습 같다고 할까.

평소 난 누르끄름한 초저녁 어스름이 밀려올 무렵이면 잠시 글쓰기를 멈추고 귀가를 서두르는 행인들을 창밖으로 내다보곤 한다.

퇴근 후 집으로 돌아오는 사람들의 행렬은 내게 묘한 위안을 준다. 석양에 물든 그들의 실루엣이 드문드문 보이기 시작하면 난 슬며시 책상을 벗어나 동네를 산책한다.

이때마다 우연히 집 근처 횡단보도에서 마주치는 사내가 있다.

아마 내가 산책하며 휴식을 취하는 시간과 사내가 퇴근하는 시간이 겹치는 모양인데, 얼핏 우락부락 건장해 보이는 그의 손에 과자 담긴 비닐봉지가 들려 있는 경우가 많다.

사내의 딸이 "아빠!" 하고 달려와 그를 껴안는 모습도 몇 차례 본 적이 있는데, 그때마다 사내는 딸의 손을 잡고 파안대소한다. 딸보다 훨씬 크고 밝게 소리 내어 웃는다. 깔깔대는 웃음의 메아리가 그들의 정수리를 환하게 비추는 순간 내 머릿속에서 이런 생각이 일어난다.

'인간은 크고 작은 분을 가슴에 품거나 버리면서 삶을 흘러가는지 모른다. 그 과정에서 마음에 묻은 억울함과 원통함의 얼룩을 말끔히 지울 수 있는 방법은 단 하나, 사랑하는 사람의 웃음으로 그것을 씻어내는 것뿐이다!'

010

깊이를
가늠할 수 없는 마음

어머니를 모시고 병원에 다녀오는 날이면 나는 양면적인 감정을 품곤 한다.

나이를 먹을수록 기력이 떨어지는 어머니를 볼 때마다 소중한 뭔가를 세월에 빼앗기는 것 같기도 하고, 아주 가끔은 세월이 내 손에 알 수 없는 뭔가를 쥐여주는 것 같기도 하다.

병원에서 검사를 마친 어머니를 차에 태우고 이동하는 길이었다. 결과가 나쁘게 나오면 어쩌나 하는 생각에 무거운 표정을 지으며 운전대를 잡고 있었는데, 어머니가 내 어깨에 살포시 손을 얹으며 입을 열었다.

"어떻게든 되겠지. 큰일이야 있겠니. 아무튼 걱정하게
만들어서 미안하다. 내가 미안하구나…."
어머니는 말끝을 흐리면서도 애써 웃음을 보였다.

어린 시절 물가에서 돌멩이를 던져 그것이 바닥에 닿는
순간 물의 깊이를 가늠해본 경험이 다들 있을 것이다.
하지만 아무리 커다란 돌멩이를 힘껏 투척해도 영원히
바닥에 닿지 않을 것 같은 호수가 있기 마련이다. 그런
호수를 닮은 마음이 존재하기 마련이다.
"미안해"라는 말을 무심결에 입 밖으로 내놓는 부모의
마음이 특히 그러하리라.
부모가 목구멍으로 밀어 넣었다가 가까스로 끄집어낸
미안하다는 말보다 무겁고 진한 말이 또 어디 있으랴.
그 말은 종종 바위처럼 무겁게 자식의 마음에 내려앉고,
때론 너무 진해서 마음의 표면을 뚫고 깊이 스며든다.
대체 그 문장에 무엇이 깃들어 있기에 이토록 무겁고 진
한 것일까. 자식을 먹여 살리는 과정에서 감내해야 했
을 삶의 고단함과 치열함 따위가 핍진하게 배어 있기 때

문일까. 아니면 우리가 상상할 수 있는 최대치의 사랑이 녹아 있기 때문일까.

하기야 깊이를 가늠할 수 없는 곳에서 솟아난 문장을 어찌 헤아릴 수 있겠는가. 우린 그저 미안하단 말이 귓가에 닿는 순간, 그 말과 함께 부모가 전해준 진심을 마음에 들이붓고 그걸 생의 동력으로 삼아서 꾸역꾸역 삶을 살아가는 수밖에⋯.

운전하는 내내 난 어머니에게서 미소와 함께 건네받은 문장들을 곱씹었다. 어머니의 입술을 가까스로 비집고 나온 "미안하구나" "어떻게든 되겠지"라는 말에 어쩌면 이런 당부가 담겨 있을지 모른단 생각이 들었다.

'이래저래 살아가면 어떻게든 살아지는 것 같다. 내가 들려주는 말에, 네 걱정을 잠시 접어서 기대어놓으렴. 너무 염려하지 말고.'

일순, 걱정에 젖어 눅눅했던 마음이 가슬가슬하게 말려지는 기분이 들었다.

마음이 고요해지는 걸 느낄 수 있었다.

사랑은 때로 상대방의 눈물을,

눈물이 아닌 웃음으로 대한다.

웃음으로 눈물을 닦아준다.

그 웃음에 깃든 진정성이야말로

세상에서 가장 고귀한 위로가 아닐까.

011

마음속 짐을

덜어줄 수 있다면

지상에서 가장 엄숙한 도서관은 병원이 아닐까 하는 생각이 든다.

병원에서 일어난 이야기를 전해 듣다 보면, 생生은 사死의 근본이며 사 역시 생의 근본이 될 수 있다는 무거운 이치를 정면으로 응시하게 된다.

운전을 하다가 라디오에서 흘러나오는 어느 의사의 애기에 귀를 기울였다. 응급실에서 일하며 환자를 돌보는 그는 삶과 죽음의 경계에서 직접 목도한 순간을 덤덤히 회고했다.

"어린 자녀를 둔 중증 환자분들은 배우자를 보자마자 짧은 문장을 필사적으로 토해냅니다."

"어떤 문장이죠?"

"우리 아이들 잘 부탁해, 라고요."

"그렇군요…."

"그러면 배우자는 울먹이며 마지못해 대답합니다. 걱정하지 마. 아이는 내가 잘 키울게, 라고요."

이승에서 마지막이 될지 모르는 대화에서조차 부모들이 자식의 안녕을 걱정한다는 사실에 나는 목이 메었다. 만약 자식이 성장하는 모습을 더는 볼 수 없는 부모의 입장이 된다면, 난 지상에 남겨지는 사람에게 어떤 말을 건네야 할까? 반대로 아득한 곳으로 긴 여행을 떠나야 하는 사람에게는 어떤 다짐을 들려줄 수 있을까?

떠나는 쪽이든 남겨지는 쪽이든, 어떻게 해야 사랑하는 사람의 마음속 짐을 덜어줄 수 있을까. 어떻게 해야…. 지그시 눈을 감고 생각해본다.

012

어머니가 나를 향해
그랬던 것처럼

아버지의 짧은 생애가 흩뿌려진 겨울 산에 홀로 다녀왔다. 어린 시절 어머니 손에 이끌려 버스를 몇 번이나 갈아타고 다니던 곳이다.

초등학교 3학년 무렵의 일이다. 한 번은 시외버스에서 내려 묘소로 향하는 작은 버스를 탔는데 앉을 자리가 없었다. 망자를 만나러 가는 승객들의 마음에 여유가 있을 리 없었다. 자리를 양보하는 사람은 없었다.

유치원에 갓 들어간 동생은 다리가 아프다고 계속 칭얼거렸고, 장시간 이동에 따른 피곤함이 어머니의 얼굴에 드리워져 있었다.

버스에서 내리며 어머니의 낯빛과 마음을 살피던 나는 나도 모르게 외쳤다.

"나중에 내가 큰 차 운전해서 어머니 모시고 올게요!"

훗날 어머니의 증언에 의하면, 그날 내가 분명히 그렇게 말했다고 한다. 또박또박 큰 목소리로.

세월이 흐른 지금, 다행히 나는 그날의 약속을 지키며 살고 있다. 아버지 기일이 다가오면 승용차 뒷좌석에 어머니를 모시고 운전대를 잡는다.

운전을 하다 보면, 창밖 풍경을 내다보며 알 듯 모를 듯한 미소를 짓는 어머니의 얼굴이 백미러를 통해 내 눈에 들어온다. "내가 운전해서 모실게요!"라고 외치던 꼬마기주의 모습을 떠올리시는 것 같기도 하다.

나는 이 원고를 5월 8일 어버이날에 쓰고 있다. 이런 날을 챙기는 일이 은근히 쑥스럽기도 하지만, 평소에 하지 못한 말을 마음에서 끄집어내기에는 제법 괜찮은 날이 아닌가 싶다.

오늘 저녁 귀갓길엔 어버이날 선물로 어머니 화장대에 꽃 한 송이 올려놓으련다. 그러면서 "지난번에 사드린 화장품은 마음에 드세요? 다 사용했어요?"라고 소박한 질문을 건네련다.

내 물음에 어머니가 "아직 남아 있어"라고 답할 때마다 난 속으로 그 문장을 천천히 따라 한다. 그 말들을 귀에 바르고 며칠 동안 마음에 품을 때도 있다.

수십 년 전 어느 날, 어린 두 아들의 손을 쥐고 남편이 묻혀 있는 곳을 힘겹게 오르던 어머니의 슬픈 눈빛이 문득 떠오르기 때문이다. 그 눈빛이 기억 속에서 가물거릴 때마다 나는 속울음을 삼키며 마음을 다잡는다.

내가 받은 것들을 소중한 사람에게 되돌려주면서 삶을 흘러가겠다고, 지난날 나를 버티게 한 사람을 반드시 지키며 살아가겠다고, 어머니의 마음에 새겨지는 슬픔과 기쁨의 무늬를 앞으로도 헤아리겠다고.

오랫동안 어머니가 나를 향해 그랬던 것처럼.

013

당신은 사랑하는 사람에게

시간을 건네주지 않았군요

"우리는 시간을 공유하는 사람들과 의미 있는 관계를 맺으며 살아간다. 특히 사랑은, 내 시간을 상대에게 기꺼이 건네주는 것이다."

_《사랑은 내 시간을 기꺼이 건네주는 것이다》 중에서

사람은 죽은 뒤 '지옥 없는 천국'에서 영원히 살아간다고, 줄리언 반스를 비롯한 몇몇 작가들이 상상의 나래를 펼친 바 있다.

그런 글을 읽을 때면 난 아주 그럴싸한 이야기라고 맞장구를 치곤 하는데, 그때마다 그 지옥 없는 천국의 입구에서 빚어질지도 모를 풍경을 상상하기도 한다. 어쩌면 그곳에서는 다음과 같은 상황이 종종 펼쳐지지 않을까?

바쁘다는 말을 입에 달고 살면서 중견 기업을 운영하던 한 사내가 불의의 사고로 생을 마감하고 천국의 입구에 도착했다.

저승사자에게 끌려온 다른 망자들이 문을 통과하려고 순서를 기다리고 있었다. 그곳의 문지기가 말했다.

"번호표 순서대로 줄을 서세요. 전 천국의 문을 지키는 일을 맡고 있습니다. 이제부터 여러분이 천국에 정착하도록 도와드릴 건데요, 간단한 인터뷰를 거친 후 모든 망자에게 개별 안내자를 배정하겠습니다. 7번 망자님!"

서너 시간쯤 지났을까. 좀체 줄이 줄어들지 않자 발을 동동거리던 사내가 번쩍 손을 들었다.

"빨리 좀 합시다. 이렇게 느려터져서야 이 많은 사람을, 아니 망자를 오늘 안에 처리할 수 있겠어요? 천국이라고 해서 잔뜩 기대했는데 시스템이 엉망이군요. 아무튼 난 누구보다 이곳에 빨리 적응하고 싶어요. 바쁘니까, 서둘러주세요."

"당신은 생명이 끊어진 몸입니다. 그런데도 바쁘다고요? 시간이 없다고요?"

"흠, 인류는 속절없이 흐르는 시간을 나름의 방식으로 자르고 측정하면서 진보했어요. 시간을 뜻하는 영어 단어 'time'을 거슬러 올라가면 동사 '자르다'와 만나게 되는 것도 우연이 아닙니다. 난 생전에 중견 기업의 대표로 일하면서 시간을 자르는 것도 모자라 하루를 분 단위로 쪼개면서 살았어요. 그 버릇이 어디 가겠어요? 물론 그 덕에 엄청난 수출 성과를 달성했고 국가 경제에도 크게 기여했습니다."

"예, 참으로 부지런히 사셨군요. 그건 인정하겠습니다. 다만 이승의 삶의 관성은 이곳에서 포기해야 합니다. 참, 당신이 살던 곳과 천국은 거의 모든 환경이 동일하지만 딱 한 가지가 다른데요, 그게 뭐냐면…"

"아, 알았어요. 무슨 말인지 알 것 같으니 설교는 그만하세요. 날 가르치려 들지 말고 하던 일이나 하세요!"

"음…."

사내는 두어 시간을 더 기다린 끝에 천국의 입구를 통과해 안내자와 함께 숙소를 향해 걷기 시작했다. 그런데 얼마 못 가 가쁜 숨을 몰아쉬느라 사내의 입에서 헉헉 소리가 새어 나왔다. 자리에 주저앉은 그가 숨을 고른 뒤 물었다.

"이봐요, 안내자 양반. 천국이라면서 왜 이리 공기가 안 좋은 겁니까? 아니면 산소가 부족한 건가? 아까부터 숨 쉬기가 어려워요. 다른 망자는 편하게 호흡하고 있는 것 같은데 왜 나만 이런 거죠?"

"왜냐고요? 제가 기록을 봤는데요, 생전에 당신은 당신의 시간을 가족과 공유하지 않았더군요."

"뭐요? 내가 주말에도 아이들과 시간을 보내지 않고 미친 듯이 일한 덕분에 내 가족도 풍족하게 살았어요."

"음, 그건 당신 생각이고요. 이곳은 보시다시피 망자들로 넘쳐나기 때문에 기준을 정해놓고 산소를 나눠주고 있습니다. 문지기가 알려주려 했던 지상과 천국의 다른 점이 바로 이겁니다. 시간을 공기처럼 흔하게 여기면서 삶이 무한한 것처럼 산 사람에겐 소량의 산소만 공급하고 있어요. 어쩔 수 없습니다. 우주의 모든 것을 모두가 균등하게 사용할 순 없거든요."

"말도 안 돼!"

"음, 당신이 바쁘다고 말하는 그 시간에 정확히 무엇을 했는지 가족에게 설명해준 적이 있습니까?"

"쳇, 기억이 나질 않소."

"그럼 당신의 언행이 기록된 서류를 확인해보겠습니다. 아하, 이런 내용이 있군요. 미술을 전공한 딸이 어느 날 전시회 소식을 알려주자 당신은 바쁘다고 답했군요. 일이 많다고. 그때 당신의 부인이 어떤 생각을 했는지 혹시 아세요? 나중에 물어보셨나요?"

"그럴 시간이 없었어요. 말했잖아요. 난 바쁜, 아니 바빴던 몸이라고!"

"음, 당신의 부인이 이런 생각을 했더군요. 일을 너무너무 많이 하는 사람은 열심히 일하지 않는 사람일지 모른다고요. 이승에선 '지금'이 아니면 안 되는 것이 참으로 많습니다. 당신은 시간을 지나치게 독점하면서 무수한 지금들을 낭비했어요. 네, 당신의 가장 큰 죄는 사랑하는 사람에게 기꺼이 시간을 건네주지 않았다는 겁니다."

"뭐요? 그럼 난 살아생전 사랑하는 사람들에게 시간과 사랑을 건네주지 못했단 사실을 뼛속에 새기면서 계속 후회를 움켜쥐고 살아야 한다는 소리입니까? 거친 숨을 토해내면서?"

"역시 이해가 빠르시군요. 다른 망자보다 이곳에 빨리 적응하실 수 있을 듯합니다."

"이럴 수가…. 그렇다면 여긴 내게 지옥이나 다름없어요. 이곳은 천국이 아닙니다. 지옥입니다. 지옥…."

말끝을 흐린 사내는 한동안 말을 잇지 못하더니 무릎을 꿇고 눈물을 흘리기 시작했다. 안내자는 그를 제지하지 않고 내버려두었다. 그는 길을 잃은 아이처럼 지칠 때까지 엉엉 소리 내어 울었다.

014

국외로 떠나는 여행과

사랑의 유사점

사랑을 주제로 한 드라마나 영화에서, 흐릿한 눈으로 바다 저편을 응시하는 주인공이 "이젠 사랑이 뭔지 알 것 같은데…"라고 읊조리며 옛 연인의 얼굴을 떠올리는 장면을 심심찮게 볼 수 있다. 손발이 오그라드는 상투적 장면이지만 그렇기에 공감이 가는 측면도 있다. 사랑을 경험하는 동안 사랑의 깊이와 형태를 제대로 헤아리는 사람은 드물다.

대개는 사랑이라는 여행이 끝나고 감정이 희미해지는 지경에 이르러서야 성급히 달아나는 사랑의 뒷덜미를 움켜쥔 채 심각한 고민에 잠긴다.

내가 품었던 것은 진정 사랑인가?

아니면 누군가를 향해 사랑한다고 말하고 싶었던 욕망에 불과한가?

어떤 면에서 사랑은 국외로 떠나는 여행과 닮았다.

시작은 황홀하다. 사랑에 빠지는 순간 둘만의 꿈으로 뛰어들 듯 들뜬 기분으로 낯선 나라를 향해 출국장을 나선다. 그렇게 사랑이 달아준 날개를 퍼덕이며 미지의 대륙을 날아다닌다.

하지만 어느새 설렘이 사라지고 오해와 다툼이 잦아지면 '계속 함께 여행할 수 있을까?' 하는 의문에 휩싸이게 되고, 끝내 서로의 간극을 좁히지 못할 경우 중도에 여행을 포기하고 만다.

결국 따로따로 입국해서 각자 공항을 빠져나가는 순간, 함께 겪었던 여행의 추억은 서로의 기억 속에서 다르게 저장되고, 그 쓸쓸함 너머로 서늘한 생각이 밀려오기 마련이다.

어쩌면 여행은 떠나는 일인 동시에 도착하는 일이구나!
처음엔 두근거리는 마음으로 낯선 곳을 향해 떠나지만
돌고 돌아 다시 나에게 도착할 수밖에 없는 것이 여행의
본질이구나.
사랑의 엇갈림이 그러하듯이….

015

사랑은

인간의 전유물인가

호아킨 피닉스가 주연한 〈그녀Her〉는 인간과 인공 지능의 사랑을 그린 영화다. 주인공 테오도르는 대필 작가로 일하며 아름다운 문장으로 사람들의 마음을 흔들지만, 정작 자신은 사랑의 상처와 관계의 결핍으로 힘겨운 나날을 보낸다.

도시의 허무를 닮은 듯한 그의 멍한 눈동자처럼 공허한 일상을 이어가던 어느 날, 테오도르는 사만다라는 운영 체제와 정서적 교감을 나눈다.

닿을 수 없는, 두 팔을 벌려 와락 끌어안을 수 없는 상대와 사랑을 주고받는다.

그렇게 꿈같은 나날을 이어가던 중 둘 사이에 청천벽력 같은 일이 일어난다. 테오도르는 사만다가 불쑥 내뱉은 한마디에 떠밀려 혼돈의 구렁텅이로 처박히고 만다.

"I'm yours and I'm not yours."

나는 당신의 것이지만 동시에 당신만의 것은 아니라니, 대관절 무슨 일이 벌어지고 있는 걸까?

알고 보니 사만다는 테오도르를 위해서만 존재하는 것이 아니었다. 그녀는 네트워크에 동시에 접속한 8000여 명의 상대와 이야기를 주고받고, 그중 614명과는 가상의 연인으로 지내며 사랑을 속삭이고 있었다. 영화를 보고 극장을 나서는 순간 한 가지 질문이 떠올랐다.

'정말 저 영화처럼, 인간이 인공 지능과 사랑을 나눌 수 있을까?'

몇 해 전까지만 해도 이런 질문에 "그럴 리 없다"고 대답하는 사람이 많았을 테지만, 사만다처럼 네트워크에만 존재하면서 인간의 인지 능력을 흉내 내는 '약한 인공 지능'이 아니라, 인간처럼 사유하고 판단하는 '강한 인공 지능'이 개발되면, 더군다나 인간과 구별되지 않을 정도로 완벽한 외형을 지닌 인공 지능 로봇이 출연하면 "인간과 인공 지능의 사랑은 불가능하다"고 단언할 수 있는 사람이 과연 몇이나 되겠는가.

그러한 미래가 실제로 도래해 인공 지능의 몸과 마음에 온기가 흐르고 마침내 인성까지 지니게 된다면, 그리하여 인간과 인공 지능의 경계가 흐려진다면 우린 사랑이 인간의 전유물이라고 이야기할 수 있을까?
만약 "사랑은 오직 인간의 일이다"라고 자신 있게 말할 수 없다면, 대체 인간은 무엇을 위해 살아가야 하는가?

016

완벽함보다 편안함

아메리카 인디언들은 팔찌를 만들기 위해 끈으로 구슬을 꿸 때, 일부러 다른 모양의 구슬과 홈이 있는 구슬을 중간중간에 끼워 넣는다고 한다. 구슬이 모두 똑같으면 모양새는 완벽할지 몰라도 편안하지가 않기 때문이다.

인간 역시 때때로 타인의 편안함에 매료된다. 대부분 사람은 모든 면이 완벽한 타인보다 약간 빈틈이 있고 종종 실수도 저지르는 타인에게 편안함을 느낀다.

불완전한 존재인 인간이 불완전한 대상에 끌리는 것은 어쩌면 당연한 일일 것이다.

죽은 자의 날

　　　　　　　　　　멕시코의 명절인 '죽은 자의 날'은 제의祭儀라기보다 망자와 함께 즐기는 떠들썩한 잔치에 가깝다.

이날 멕시코 사람들은 죽은 자들이 이승에 잠시 돌아와 산 자들과 축제를 즐긴다고 여긴다.

그래서 꽃으로 무덤을 장식하거나 집에 제단을 만들어 고인의 사진을 올려놓는다. 살아 있는 사람이 망자를 기억해주지 않으면 망자의 영혼이 사라진다고 믿기 때문이다.

죽은 자만이 아니라 산 자에게도 기억은 곧 구원이다. 인간은 기억되는 한 함부로 삶을 포기하지 않는다.

'나는 여전히 누군가에게 필요한 존재구나. 여전히 누군가는 날 사랑하고 있구나' 하는 믿음을 마음에 기둥처럼 품고 현실을 버틴다.

거꾸로 누군가로부터 잊힌다는 것은, 그 사람과 함께 간직하던 기억을 나 혼자만 소유하게 되었다는 걸 의미한다.
만약 그 잊힘이 한때 사랑했던 사람과 공유하던 기억에서 밀려나는 것이라면 그건 정말 슬픈 일이다.

3부

生

다들 마음속에 있는 산을 오르며 살아간다

생애 〰

내 마음속에는

어떤 산이
있을까

자연에 가까이 다가가려는 인간의 본능 때문일까, 아니면 코로나19의 영향 때문일까. 요즘 들어 산을 찾는 사람이 부쩍 늘었다.

도대체 산행의 매력이 무엇이기에, 주말이 되면 전국의 주요 산은 원색의 옷을 입고 그곳을 오르는 등산객들로 알록달록하게 물드는 걸까? 산을 자주 타는 지인들에게 이유를 물어본 적이 있다.

다양한 대답이 돌아왔다. 어떤 이는 다시 내려오기 위해 산을 오른다고 말했다. 얼핏 들으면 심오한 뜻이 있는 이야기 같지만 한편으론 말장난 같기도 해서 그리 와닿지는 않았다.

한 지인은 어느 등반가의 말을 빌려 산이 거기에 있기 때문이라고 말했는데, 이 역시 어디선가 들어본 말 같아서 뇌리에 깊숙이 박히지는 않았다.

진짜 산행은 정상에서 내려가기 위해 짐을 챙기는 순간 시작한다고 주장하는 지인도 있었다.

"산악 사고 대부분이 하산길에 발생한다는 거 알아? 나역시 산을 오르는 일보다 내려가는 일이 훨씬 어렵게 느껴지더라. 하기야 인생도 그렇잖아!"

난 이 얘기를 듣자마자, 올라갈 때 만나는 사람들을 잘 대해야 하는 이유는 내려올 때 그들을 만나게 되기 때문이라는 미국 극작가 윌슨 미즈너의 말을 떠올리며 슬쩍 고개를 끄덕였다.

내 귀에 깊게 박혀서 마음의 바닥까지 닿은 말은 따로 있었다. 산을 오를 때마다 대자연과 일체감을 느낀다는 어느 선배는 이런 이야기를 들려주었다.

"숨을 헉헉거리며 산을 오르다 보면 날 빼닮은 나무와 돌을 발견할 때가 있어. 정말 묘한 기분이 들어. 절벽 위에 위태롭게 뿌리내린 녀석들이 현실에서 아등바등 살아가는 내 모습과 겹쳐져서 눈물이 날 것 같아. 녀석들을 찬찬히 쓰다듬다 보면 내 안에서 물음이 올라와. '내 마음속에는 어떤 산이 있을까? 지금 나는 그 산을 부지런히 오르며 사는 걸까?'라는 물음이…."

모든 장애물을
다 뛰어넘을 필요는 없다

　　　　　　　　　　신이 인간에게 내려준 유일
한 처방이라는 잠에 파묻혀 지친 마음을 끌어안고 밤을
보내고 나면, 매일 아침 우리 앞에 새로운 장애물이 세
워진다.

우린 그걸 극복하기 위해 필사적으로 노력한다. 호흡을
가다듬고 발을 굴러 허공으로 뛰어오른다. 몸을 솟구쳐
팔을 휘저으며 크고 작은 장애물을 뛰어넘는 순간에는
미처 깨닫지 못한다. 날마다 놓이는 모든 장애물을 '다'
뛰어넘으며 살 필요까진 없다는 사실을 말이다.

혼자가 아니란
사실 덕분에

삶을 버틴다

"하나의 상처와 다른 상처가 포개지거나 맞닿을 때 우리가

지닌 상처의 모서리는 조금씩 닳아서 마모되는 게 아닐까."

_《말의 품격》 중에서

큰 금액은 아니지만 몇 해 전부터 기부를 하고 있다. 주로 한 부모 가정 청소년들에게 후원하고 있는데, 그들이 보내온 편지를 읽다 보면 유독 눈에 들어오는 문장이 있다.

"덕분에 혼자가 아닐 수도 있다는 생각이 들었습니다. 그래서 버틸 수 있었어요."

지난날을 돌이켜보면 나 또한 그랬던 것 같다. 인생이 뜻대로 풀리지 않아 마음이 휘청거릴 때마다 날 떠받쳐 준 것은 혼자가 아니라는 사실이었다.

어찌 보면 당연한 이야기다. '혼밥'이나 '혼술'을 단순히 개인주의적 문화로 여기는 게 아니라 개인의 안식으로 간주하는 사람들이 예전보다 많아졌다곤 해도, 로빈슨 크루소처럼 외딴섬에서 완벽히 고립된 채로 살고 싶은

사람은 아마 없을 것이다.

인간은 타인과 어떤 식으로든 연결되고 싶어 한다.

심지어 "그냥 날 내버려둬. 제발 혼자 있게 해줘!"라고 애원하는 순간조차 누군가 자신의 아픔을 자세히 살펴 주기를 바란다. "너 정말 괜찮은 거야?" 하고 물어봐주기 를 원한다.

왜? 그래야 자신이 혼자가 아니라는 사실을 확인할 수 있으니까. 그래야 꽁꽁 얼어붙은 마음을 사르르 녹이고 삶을 버틸 수 있으니까.

최근 많은 사람이 전화 통화를 하듯이 서로의 목소리로 주고받으며 소통하는 '클럽하우스'라는 소셜 미디어를 이용하고 있다.

특정 분야에 대한 정보라든지 소소한 잡담을 주고받는 이용자도 많지만, 해가 지고 어둠이 깔리기 시작하면 일 상의 고민을 나누고 서로의 온기를 쬐려는 사람들로 넘 쳐난다. 가족이나 친구에게 털어놓기 어려운 내밀한 고 민을 일면식 없는 사람들 앞에서 육성으로 꺼내놓는 것이다.

공통의 관심사 아래 부담스럽지 않은 '느슨한 연대'를 맺음으로써, 실시간으로 서로의 사연과 아픔을 공유하고 나아가 상처를 쓰다듬어준다고 할까.

클럽하우스에 접속해서 낯선 사람들과 대화를 나누다 보면, 내가 살아가는 세계와 타인의 세계가 일정 부분 포개질 수밖에 없다는 사실을 새삼 확인하게 된다.

아울러 '사람은 다 다르지만 슬픔과 고민을 마음 깊은 곳에 파묻고 살아가는 건 모두 마찬가지구나'라는 생각에 묘한 동류의식을 느끼곤 한다.

문득 돌이켜본다. 누군가와 기쁨을 공유하는 순간보다 슬픔을 공유하는 순간이 내게는 더 큰 위로가 됐던 것 같다.

슬픔은 힘이 세다.

슬픔은 꽉 막힌 마음에 창窓을 낸다.

슬픔을 진정으로 위로할 수 있는 것은

타인의 기쁨이 아니라 슬픔인지도 모른다.

그러므로 "혼자가 아니란 사실이 위안이 된다"는 문장을 풀어서 쓰면, "나만 그런 게 아니었구나. 슬픔을 안고 사는 사람이 많구나. 그러니 무너지지 말아야지. 그들과 함께 계속 걸어가야지…"가 되지 않을까 싶다.

실수는 때로
방황이 될 수 있다

실수 혹은 잘못을 가리키는 영어 단어 'error'는 본래 라틴어에서 유래했는데, 거기엔 '방황' 또는 '떠돌아다님'이라는 뜻이 녹아 있다. 나는 본의 아니게 실수를 저지른 날이면 '실수=잘못'이라는 공식을 무작정 받아들이기보다 "실수는 이리저리 떠돌아다니는 방황이 될 수도 있다"는 문장으로 실수를 범한 내 마음을 어루만진다. 그러면 실수했다는 사실 자체는 변하지 않더라도, 그 실수가 생의 지평을 조금은 넓혀주는 것 같아서 나를 덜 자책하게 된다.

사람은 다 특별하지만　　　　　특출 난 사람은
　　　　　　　　　　　　　　　　　드물다

"인간은 실패에서 교훈을 얻을 수 있다" "실패는 성공의 밑거름이다" 같은 말을 난 그리 좋아하지 않는다.

사람들은 실패를 맛보는 순간 실패에 이르게 된 경위를 스스로 돌아보면서, 나름의 의미를 발견하고 어떻게든 마음의 위안을 얻고자 한다.

이런 심리 때문에 "실패에서 교훈을 찾지 않는 사람이 진짜 실패자입니다!" 따위의 그럴듯한 경구가 생겨난 것인지도 모른다. 실패가 정말 삶의 교훈으로 작용하는지 여부와는 상관없이 말이다.

물론 실패를 대하는 태도는 저마다 다를 수밖에 없다. 소위 '실패 전문가'를 자처하면서 자신이 겪은 실패를 무용담처럼 떠벌리는 사람이 있는가 하면, 작은 실패에 걸려 넘어질 때마다 마음을 잔뜩 웅크리거나 한두 번의 실패를 피할 수 없는 슬럼프로 받아들이는 이도 있다.

그렇다면 후자의 경우처럼 작은 실패를 침소봉대하는 이유가 무엇일까?

단순히 소심한 마음의 소유자가 대수롭지 않은 실패를 확대하여 해석하거나 자신의 능력을 과소평가함으로써 자신감을 잃고 주눅이 드는 것일까?

글쎄다. 어쩌면 반대의 경우가 훨씬 많을지도 모른다는 생각이 든다. 실패를 겪은 후 자신의 능력이 부족하기 때문이라고 겸허하게 인정하는 사람은 그야말로 가물에 콩 나듯 한다.

대부분 사람은 "원래 나는 이 일을 해낼 능력과 자격이 충분한 사람인데 뭔가 잘못된 것 같아요!"라고 말하며 실패의 원인을 외부적 환경으로 돌리는 경향이 있다.

하지만 정말 그럴까. 혹시 자신의 능력을 과대평가하는 바람에 예상치 못한 결과 앞에서 크게 낙담하거나 마음을 잃어버리는 것은 아닐까.

개인을 의미하는 영어 단어 'individual'엔 어원적으로 '더는 나눌 수 없는 어떤 것'이라는 뜻이 깃들어 있다. 우리는 모두 실존적 단독자로서 개별적 의미와 가치를 지니는 특별한 존재임이 틀림없다.

다만 능력과 재능의 측면에선 그렇지 않을 수도 있다.

자신이 속한 분야에서 특출 난 능력을 발휘하는 사람은 극히 일부에 불과하다. 대부분 사람의 능력은 평범한 수준을 벗어나지 않는다.

다만 평범하다는 것은 평균을 살짝 웃돌거나 평균보다 떨어지지 않는다는 뜻이고, 나와 비슷하거나 나보다 못한 사람이 적지 않다는 뜻이다. 낙담할 일이 아니다.

어떤 면에서 인생은 내가 그리 특출 난 존재가 아니라는 사실을 틈틈이 깨닫는 과정이 아닐까 싶다.

실패를 겪을 때마다 고개를 저으며 이를 부인하기보다 현실을 있는 그대로 받아들이는 게 현명한지도 모른다.

우린 실패 때문에 괴로운 것이 아니라,

그걸 인정하지 못하는 마음 때문에 괴로울 때가 많다.

아름다움이 있는 곳으로
다가가는 과정

소중한 것은 대개 가까운 곳에 있고 아름다운 것은 멀리 있다.

아름다움은 미지의 땅에 은은한 형태로 존재한다. 아름다움을 갈구하는 인간과 아름다움이 있는 공간 사이엔 폭과 깊이를 가늠할 수 없는 강이 흐르기 마련이다.

강 건너편에서 아름다움이 인사를 건네면 우린 그것에 접근하고자 힘껏 마음을 뻗는다. 온갖 방법을 동원해서 아름다움이 존재하는 곳으로 건너가려 애쓴다. 어쩌면 삶은 아름다운 대상에 매료돼 그것에 다가가기 위한 다리를 놓거나 나만의 배 한 척 만드는 일인지도 모른다.

하수와 중수와 상수의
기준

서울 목동역과 등촌역 중간
에 위치한 '구도 커피'라는 곳을 방문했다. 근처 서점에
서 책을 구매하고 이곳에 다다랐을 때는, 구름을 비집고
새어 나온 맑은 햇살이 카페 안으로 쏟아져 들어와 세월
의 흔적이 묻어 있는 소품들을 환하게 비추고 있었다.
메뉴판 상단에는 "가장 이상적인 결과물을 만들기 위해
우리가 정한 규율을 지켜나갑니다!"라는 문장이 적혀
있었다.
나는 원두에 대한 직원의 설명을 들으며 카페 사장으로
보이는 사내를 힐끔 곁눈질했다. 내가 커피를 주문하는

순간, 노트북 작업에 열중하던 그는 하던 일을 멈추고 재빠르게 주방으로 이동해 커피 추출에 필요한 도구를 집어 들었다. 직원이 여럿 있었음에도 일을 떠넘기지 않고 본인이 직접 커피를 내렸다.

이런 광경을 목격하게 될 때마다 머릿속에 굵직한 질문 하나가 떠오른다.

하수와 중수와 상수를 가르는 기준이 무엇일까? 단순히 기술이나 내공의 차이일까?

어쩌면 흔히들 이야기하는 '뻔함'이라는 것을 어떻게 받아들이고 또 어떤 방식으로 행하느냐에 따라 하수, 중수, 상수가 나뉠 거란 생각도 든다.

대개 하수下手는 기본에 해당하는 당연한 것의 가치를 모르는 경우가 많다. "이건 누구나 아는 뻔한 거잖아!" 투덜대면서 근본과 기초가 되는 일에 시간을 들이지 않는다.

조급한 마음 때문에 기본기를 닦는 수련의 과정을 훌쩍 건너뛰기 바쁘다. 당연히 자기 안을 들여다볼 여유가 없고, 주변의 형세를 살피지도 못한다.

적군을 보자마자 괴성과 함께 무조건 칼을 뽑아 들어 허공에 휘젓는 장수처럼 경거망동하기 일쑤다.

바둑 하수는 상대방을 바둑판 끝까지 몰아넣는 것밖에 할 줄 아는 게 없다, 라는 말도 이런 맥락에서 나온 것이리라.

중수中手는 뻔한 것이 중요하다는 이치를 가까스로 이해한 사람이다. 동시에 그것을 극복하기 위해 부단히 애쓰는 사람이다. 자기 객관화를 통해 자신의 수준과 자신을 둘러싼 세계를 균형 잡힌 시선으로 바라본다.

중수는 항상 선택의 갈림길에 선다. 현재에 만족하며 적당히 머물러 있을지, 한 차원 높은 수준으로 도약하기 위해 땀과 눈물을 흘리며 살지 고민한다. 대부분 사람이 여기에 해당하지 않나 싶다.

그렇다면 상수上手는? 상수는 뻔한 걸 자기 것으로 만든 후, 그걸 날개 삼아 자신만 아는 아득한 세계에서 훨훨

날아다니며 자유를 누리는 사람이다.

상수는 기예를 갈고닦는 차원에서 벗어나 어떤 현상과 실재 너머에 있는 본질을 발견해낸 사람이다.

남이 일으킨 물결이 아니라 스스로 일으킨 물결에 올라타야 멀리 갈 수 있다는 이치를 깨달은 자다.

상수는 다른 상수는 물론이고 중수 또는 하수와 경쟁하지 않는다. 스스로 꿈을 이루었기에, 남이 볼 수 없는 세계를 이미 경험했기에 가능한 일이다.

오랜 시간 내공을 닦은 사람의 사소한 습관을 엿보게 될 때마다 새삼 깨닫는다. 고수는 아무도 모르는 일을 행하는 자가 아니라, 누구나 아는 일을 가장 자연스럽게 행하는 자라는 것을.

008

어쩌면 현실에서
가장 어려운 일

1975년에 끝난 베트남 전쟁 당시 포로로 붙잡힌 미군들의 마음을 괴롭힌 건 비관이 아니라 낙관이었다고 해도 과언이 아니다.

수용소에서 곧 풀려날 거라고 턱없이 낙관한 군인들은 석방이 늦춰질 때마다 크게 낙담했고, 그들 중 일부는 시름시름 앓다가 생을 마감했다. 이에 반해 어찌할 수 없는 현실을 받아들이고 차분히 훗날을 대비한 포로는 끝내 살아남았다고 한다.

미래를 준비하면서 원대한 희망을 가슴에 새기는 것도 중요하지만, 희망과 절망 사이에서 스스로 균형을 찾는 것도 그에 못지않게 중요하다.

빈 잔에 음료수를 따를 때마다 나는 이런 생각을 한다. 어쩌면 무언가를 비우고 채우는 것 자체는 그리 어렵지 않은 일인지 모른다고….

현실에서 가장 어려운 일은 출렁이되 흘러넘치지 않는 적당한 수준과 범위를 꾸준히 유지하는 것이 아닐까?

세상을 바라보는 시선도 그러할 터. 매사를 부정적으로 보는 것은 물론이고 무조건 낙관하는 것도 그리 어려운 일이 아니다. 어느 한쪽으로 치우치기만 하면 된다.

정작 어려운 일은 근거 없이 품곤 하는 과도한 낙관과 비관을 스스로 의심하면서 현실을 직시하는 것, 나아가 덜어낼 것도 보탤 것도 없는 균형의 상태를 찾아내서 그 안에 차분히 머무는 일인지도 모른다.

사람도 나무처럼

잎을 떨군다

늦가을이 되면 나무는 바람의 도움을 받아 가지를 흔들어서 수분이 다 빠진 잎을 지상으로 떨어트린다.

스스로 무게를 가볍게 해서 에너지 소모를 줄이고 추운 겨울을 수월하게 나기 위함이다.

때때로 낙엽을 떨궈야 하는 건 사람도 마찬가지다. 찬바람과 함께 삶의 겨울이 밀려온다 싶으면 마음 끝에 매달린 과거에 대한 미련과 후회를 털어내야만 한다. 그래야 시간의 무게를 견디고 겨울을 통과해서 다가오는 봄을 기약할 수 있다.

현실은 선명하고
꿈은 흐리멍덩하고

잉글랜드 프로 축구 리그에서 뛰고 있는 손흥민 선수의 골 장면을 유튜브를 통해 감상할 때가 있다.

시청이 아니라 감상이란 단어를 쓴 이유는, 다른 선수들은 사냥감을 쫓는 포식자처럼 사납게 그라운드를 뛰어다니는 데 비해 손흥민 선수만은 축구공으로 하는 우아한 공연을 펼치는 것처럼 보이기 때문이다.

골 영상을 볼 때마다 경탄하곤 한다. 어느 정도 재능이야 타고났을 테지만, 얼마나 많이 운동장에서 넘어지고 일어서기를 반복하며 기량을 갈고닦았기에 저런 경지에 이르렀을까!

실은 나도 운동선수를 꿈꾼 적이 있었다. 초등학교에 다니던 시절 야구를 했었다. 당시엔 메이저리그를 주름잡는 강속구 투수를 꿈꾸며 구슬땀을 흘렸다, 라고 말하면 그건 어린 시절을 너무 미화하는 것 같고, 실제 실력은 형편없었다.

중학교 입학을 앞둔 어느 날이었다. 야구부 코치의 입에서 이런 말이 흘러나왔다.

"기주야, 앞으로도 계속 야구를 하고 싶니? 원래 꿈과 현실 사이에는 간극이라는 것이 존재하잖아. 그러니까 이쯤에서…."

순간 마음속으로는 '네? 이게 무슨 청천벽력 같은 소리입니까? 제 꿈을 이런 식으로 짓밟아도 되는 겁니까?'라고 생각했으나, 나 말고도 코치와의 면담을 기다리는 아이들이 많았기 때문에 "우선 어머니와 상의해볼게요"라고 짧게 답한 뒤 돌아서서 눈물을 글썽이며 집으로 향했다. 현실을 냉정히 파악하고 꿈을 포기하는 데 그리 오랜 시간이 걸리진 않았다. 실력이 보잘것없었기 때문이다.

꿈을 뜻하는 한자 몽夢의 갑골문이 흥미롭다. 침대에 누워서 허공을 바라보는 사람의 모습이 그려져 있다. 그래서 꿈 외에도 '어두운' '흐리멍덩한' 등의 의미를 지닌다. 꿈의 본질이 그렇다. 본래 꿈은 흐리고 어두워서 쉽게 잡히지 않는 것이다. 현실만큼 선명하지 않다. 그 밝기와 선명함이 크게 차이가 나는 탓에 둘 사이엔 상당한 격차가 존재할 수밖에 없다.

꿈을 꾸는 상태를 가리키는 '꿈꾸다'라는 동사는 붙여 쓰지만 '꿈 깨다'라고 적을 땐 '꿈'과 '깨다' 사이를 띄어서 쓰는 것도, 이와 아주 무관하진 않을 것이다.

끝을
알 수 없기 때문에

그리스 신화의 시시포스는 신의 권위에 도전했다가 분노를 사서 돌덩이를 산꼭대기로 옮기는 벌을 받는다.

그에게 내려진 형벌이 가혹한 이유는 돌이 무거워서가 아니라 일련의 과정을 영원히 반복해야 하기 때문이다.

인간은 때때로 시시포스처럼 벗을 길 없는 원죄에 묶여 있는 심정으로 삶의 고난과 마주한다.

정말 견디기 어려워서가 아니라 끝을 짐작할 수 없다는 이유로, 괴로움과 어려움 앞에서 무릎을 꿇고 목놓아 운다. 도무지 끝을 알 수 없기 때문에….

선주후면

　　　　　　　　　　'선주후면先酒後麵'은 냉면 애
호가들 사이에서 회자하는 말이다. 술을 마신 다음 면을
먹어야 음식을 제대로 즐길 수 있다는 뜻이다. 일리가
있는 이야기다.

다만 세상일은 다르다. 삶의 테이블에 올려지는 사건들
은 이곳저곳에서 산발적으로 일어난다. 술을 마신 뒤 면
을 삼키듯이 순차적으로 처리할 수 있는 일은 그리 많
지 않다. 평이한 일도 순서가 뒤죽박죽 엉켜버리는 순간
복잡한 일이 되고 만다. 자잘하고 평범한 문제들 앞에서
우리가 종종 긴 한숨을 내쉬며 털썩 주저앉는 이유도 여
기에 있다.

친절 총량의 법칙

세상을 향해 지나치게 친절한 사람은 어쩌면 소중한 사람을 향해서는 친절하지 않은 사람일지도 모른다, 라는 말이 있다.

하기야 주위를 보면 밖에서 일로 엮인 사람을 대할 땐 한없이 친절하지만 집에서 가족과 시간을 보낼 땐 무뚝뚝하거나 투박스러운 사람이 적지 않다.

모두에게 같은 잣대를 들이대지 않고 상대를 가려가며 친절을 베푸는 건 도덕적으로 문제가 있다고, 누군가는 비난할지도 모른다. 하지만 나는 생각이 조금 다르다.

원래 머리가 뛰어나 열심히 공부하지 않아도 좋은 성적을 얻는 학생처럼 타고난 성향 덕분에 친절을 베푸는 사람도 있기는 하지만, 대부분 사람은 자신의 감정을 적절히 절제함으로써 타인에게 친절을 건넨다.

달리 말해, 친절은 개인적 노력의 산물인지 모른다.

문제는 감정을 전혀 표출하지 않고 이성으로 지나치게 억누르다 보면 자칫 내면에 쌓인 감정이 마음의 균형을 깨트리거나 다른 방식으로 문제를 일으킬 수도 있다는 점이다. 예컨대 사소한 일에 화를 내거나, 타인의 감정만 돌보느라 자신의 감정 상태를 인지하지 못하는 상황에 처할 수도 있다. 자동차의 배기가스 배출구가 막히면 엔진이 고장 날 우려가 있듯이.

어쩌면 우린 이러한 감정의 과부하를 미연에 방지하기 위해 '친절 총량의 법칙'에 따라 사람과 상황을 적절히 고려해가면서 친절의 강도를 탄력적으로 조절하는 것인지도 모른다. 어쩌면 말이다.

014

고요에 닿기 위해
몸부림치며 산다

"대부분 사람은 기운으로 사는 게 아니라 기분으로 살아가
는 것 같다는 생각이 들어요."

_《한때 소중했던 것들》 중에서

사람은 기운이 아니라 기분으로 살아간다. "기운이 없
다"는 말은 "기분이 엉망"이라는 말과 한데 포개진다.
그러므로 도무지 기운이 나지 않을 때는 억지로 힘을 내
기보다 스스로 기분을 쓰다듬는 것이 중요하다. 내 경우
기분이 폭삭 주저앉으면 가사 없는 연주곡을 책상 위에
흐르게 한다.

특히 원고를 집필하는 시기엔 작곡가 겸 피아니스트인 이루마의 피아노곡을 자주 듣는다.

이루마의 음악은 날 글쓰기의 세계로 들어가는 통로로 데려다준다. 잔잔한 음악의 안내를 받으며 그 입구에 다다르면, 기억의 밑바닥에 가라앉아 있던 풍경과 사건이 하나둘 되살아나는 기분이 든다.

소중했던 사람과 함께 거닐던 겨울 바다의 고즈넉함이, 비 오는 날 손을 맞잡고 공원을 걸을 때 코끝으로 달려들던 진한 꽃향기가, 해 질 무렵 언덕을 오르며 함께 바라보던 서녘 하늘의 빛깔이, 하나의 잔으로 달빛을 나눠 마시며 사랑이라는 세계에서 목적지 없는 여행을 하던 순간이 희미하게 되살아나 눈앞에서 가물거린다.

무엇보다 이루마의 음악은 내 마음을 편안하게 해준다. 늦은 밤 호수에 비친 달빛처럼 은은하게 울려 퍼지는 피아노 선율이 귀로 스며드는 순간, 마음에 고요가 찾아온다.

고요 속에서 나는 온전한 쉼을 느낀다.

세월이 흐를수록 더욱 절감하게 된다. 번잡한 일상에서 벗어나 잠잠한 상태에 접어들 때 느끼는 편안함이야말로 마음이라는 집을 떠받치는 역할을 한다는 것을.

나만 그런 것은 아닐 거라 믿는다. 지금 이 순간에도 많은 사람이 각자의 고요를 길러내기 위해, 어떻게든 고요에 닿기 위해 온갖 소란과 소음을 견디며 살아가고 있으리라.

삶의 한복판에서 끊임없이 몸부림치면서….

015

리듬을 잃지 않는 사람은

끝까지
갈 수 있다

나무는 비바람 앞에서 저마다 다른 리듬으로 흔들린다. 각자의 리듬 덕분에 나무는 꺾이지 않고 세월을 버텨낸다.

살아 있는 모든 것은 고유한 리듬을 지닌다.

리듬은 자연스럽게 생겨난다. 리듬은 비가 그치면 해가 뜨고 겨울이 흩어지면 봄이 밀려오듯이 우리 마음속에 자연스럽게 배어든다. 고루 스며든 각자의 리듬은 물이 높은 곳에서 낮은 곳으로 미끄러져 내려가듯이 구태여 힘을 들이거나 애쓰지 않아도 은연중에 저절로 마음의 안쪽에서 바깥쪽으로 흘러넘친다.

리듬을 얻기는 쉬울지 몰라도 유지하긴 어렵다. 세상이 우릴 가만히 두지 않는다. 도둑이 침입해 물건을 뒤지듯, 세상에서 일어나는 온갖 불협화음이 우리 마음을 틈입해 리듬을 헝클어놓는다. 거기에다 심리적 중압감까지 가중하면 리듬은 쉽게 흔들리고 만다.

출중한 기량을 뽐내던 운동선수가 실패에 대한 두려움 때문에 느닷없이 터무니없는 실수를 반복하는 이른바

'입스yips'는 리듬이 흔들리는 것을 넘어 아예 붕괴한 것으로 볼 수 있다.

마스 미켈센이 주연한 영화 〈아틱Arctic〉은 소위 '조난 영화'의 문법을 따르고 있지만 내겐 리듬에 관한 영화로 읽힌다.

북극에서 조난을 당한 남자가 구조를 기다리는 와중에 또 다른 조난자를 만나면서 이야기가 시작된다.

남자는 다른 조난 영화의 주인공들과 달리 쉽게 구조될 거란 희망은 애당초 품지 않는다. 그저 일정한 리듬을 타듯이 매일 정해진 시각에 기상해 얼음을 깨고 엉성한 낚싯줄로 물고기를 잡는 등 생존에 필요한 일을 규칙적으로 해나간다. 어떠한 절망이나 희망도 없이 덤덤히 구조를 기다린다.

살아보니 삶은 속도보다 방향인 것 같다는 말들을 많이 한다. 이 말에 나는 그다지 공감하지 않는다. 인생살이라는 것이 차를 운전하듯이 속도와 방향을 내 뜻대로 제어할 수 있는 것이 아니지 않나. 특히 삶의 방향을 마음먹은 대로 설정하기란 말처럼 쉬운 일이 아니다.

내가 과문한 탓인지 모르지만, 자신이 정한 삶의 좌표를 향해 다가가면서 한 번도 방향을 잃지 않고 단숨에 도달했다는 사람의 이야기를 이제껏 들어본 적이 없다.

차라리 나는 "삶은 속도와 방향보다 리듬인 것 같아요"라고 주장하고 싶다.

리듬을 꾸준히 유지하는 사람은 이미 그 리듬이 내면화되어 있기 때문에 삶의 여정에서 돌부리에 걸려 고꾸라지거나 방향을 잃고 길을 헤매더라도, 무너진 마음을 그리 어렵지 않게 추스를 수 있다.

자신에게 주어진 길을 끝까지 걸어가는 사람은 속도를 유지하는 사람도, 방향을 잃지 않는 사람도 아니다.

리듬을 잃지 않는 사람이다.

016

먼 곳으로 떠나야만

여행이
되는 건 아니다

여기, 제한된 공간의 삶에서 억지로 벗어나지 않는 이들이 있다. 한 명은 실존 인물, 또 다른 이는 영화 속 주인공이다.

18세기 중반 프랑스에서 태어난 그자비에 드 메스트르라는 수필가는 요즘 유행하는 이른바 '홈캉스'를 몸소 실천한 사람이다.

군인과 결투를 벌였다는 이유로 40여 일간 가택 연금을 당한 그는 무료한 일상을 달래고자 집 안 여행을 시작한다. 집에서 잘 지내는 법을 터득하는 것이 집으로부터 벗어나는 방법이 될 수 있다고 여겼기 때문이다.

그는 그날그날 떠올린 생각을 글로 써내려간다. 이는 나중에 《내 방 여행하는 법》이란 책으로 세상에 나오게 된다.

〈시네마 천국〉으로 유명한 주세페 토르나토레 감독의 영화 〈피아니스트의 전설〉은 평생을 배 위에서 보낸 천재 피아니스트의 이야기다.

주인공의 이름은 나인틴 헌드레드. 유럽에서 미국으로 이민자를 실어 나르는 여객선에서 자란 그는 독학으로 피아노를 익혀나간다.

그가 한 번도 땅을 밟지 않아서였을까, 아니면 타고난 재능 덕분일까. 나인틴 헌드레드는 88개의 건반 위에서 시간과 과정의 벽을 쉽게 허물어버린다.

세상에 존재하지 않을 법한 현란한 속주로 당대의 유명 피아니스트를 연주 대결에서 꺾는다. 이후 바다 위에서 살아가는 천재 연주자라는 소문은 빠르게 퍼져나가고, 음반을 녹음할 기회까지 얻게 된다.

바람을 타고 순항하는 돛단배처럼 순조롭게 흘러가던 그의 삶은 배에 오른 한 소녀에 의해 균열이 가기 시작한다. 소녀를 처음 본 순간 일어난 세찬 감정의 파도가 그의 마음을 뒤흔들어놓은 것이다.

난생처음 사랑의 풍랑을 만난 나인틴 헌드레드는 육지에 올라 소녀를 위한 여정을 시작할지, 아니면 그대로 배에서 여생을 보낼지를 두고 고뇌에 빠지게 되는데….

조금 더 넓은 곳으로 나아가고자 평생 안간힘을 쏟는 우리에게, 두 인물의 태도와 고민은 쉽게 와닿지 않을지 모른다. 하지만 삶의 의미를 먼 곳이 아니라 가까운 곳에서 발견한 경험이 있는 사람이라면 충분히 공감할 수 있으리라. 기차나 비행기에 올라 어디론가 떠나는 것만이 여행은 아니라는 것을, 때론 무언가를 하지 않는 것이야말로 하는 것만큼이나 중요하다는 사실을.

017

계절마다

빗소리가 다르다

서울 광화문 근처 버스 정류장에서 내려 청계천을 따라 종로까지 걸었다. 비가 오고 있었음에도 청계천을 굽어보려는 사람들이 우산을 들고 곳곳에 모여 있었다.

난 10여 분 정도 걸으며 사람들의 웅성거림을 귀에서 밀어내고 청계천 위로 떨어지는 빗소리를 귀에 담으려 애썼다. 태양열에 의해 지상에서 물이 증발하기 때문에 물의 순환이 가능하다고 설명한 영상을, 최근 한 다큐멘터리 채널에서 시청한 터였기 때문이다.

자연물끼리 닿으면서 솟아나는 소리, 그러니까 냇물과 비가 맞닿는 소리에 집중하다 보니 마음이 차분해지는 걸 느낄 수 있었다.

순간 머릿속에서 이런 생각이 슬며시 고개를 들었다.

'어쩌면 이 소리는 봄에서 여름으로 넘어가는 시기에만 들을 수 있는 소리가 아닐까?'

집에 와서 과학 서적을 찾아봤다. 온도와 습도가 높은 여름엔 물방울의 크기가 비교적 큰 비가 내리는 반면, 봄에는 상대적으로 크기가 작고 내리는 속도도 느린 보슬비가 자주 온다는 내용이 적혀 있었다.

그렇다면 봄, 여름, 가을, 겨울이 갈마들 때마다 우린 조금씩 다른 청각적 체험을 한다는 뜻인가?

여기까지 생각이 미치자, 계절마다 빗소리가 달라지는 것은 단순히 자연의 섭리에 따른 현상이 아니라, 실은 빗방울이 우리에게 들려주고픈 얘기가 있기 때문일 수도 있겠단 상상이 덩달아 떠올랐다.

"안녕하세요. 전 빗방울입니다. 제가 구름에서 떨어져 나올 때 단순히 중력에 이끌려서 자유 낙하하는 줄 알고 있는 사람이 많은데요, 그렇지 않습니다. 계절이 바뀔 때 마다 지상에 다른 소리를 선사하기 위해 애쓰고 있어요. 당신은 어떻습니까? 계절이 어떻게 돌아가고 어떤 방향 으로 흘러가는지 관심을 기울여본 적 있나요? 혹시 모 든 계절이 비슷하다고, 일상이 너무 지루하다고 불평만 늘어놓으면서, 당신 앞에 놓인 시간과 계절을 덧없이 흘 려보내고 있지는 않은지요. 가슴에 손을 얹고 생각해보 셨으면 해요. 이 비가 그치기 전에…"

4부

人

타인에게 휘둘리지 않고 마음을 지킬 수 있다면

사람 ∼∼

때론 관계가 아니라

나를
지켜야 한다

몇 해 전, 서점에서 열린 사인회가 끝나갈 무렵이었다. 내 책에 사인을 받은 독자 한 분이 눈을 지그시 감더니 입을 열었다.

"저, 작가님. 고민이 있는데 잠깐 이야기해도 될까요?"

"그럼요."

"한때 친하게 지내다 멀어진 친구가 있어요. 그 친구가 마음을 아예 닫아버렸는지 절 차갑게 대할 때가 많아요. 그래도 전 예전처럼 관계를 회복하고 싶어서 먼저 연락을 하고 또 약속도 잡고 있어요."

"소중한 친구인가 봐요…."

"예. 그런데 친구를 붙잡기 위한 제 노력이 스트레스로 다가올 때가 많아요. 어떻게 하면 좋을까요? 그 친구와 다시 잘 지낼 수 있을까요? 아무 말이라도 해주세요. 나중에 책을 통해서라도 꼭 답해주세요."

사인회를 진행하다 보면 많은 독자의 입을 통해 관계와 사귐에 관한 사연을 듣게 된다. 그런 고민을 접할 때마다 나는 허공을 바라보며 머뭇거린다. 함부로 조언할 수가 없기 때문이다.

애당초 인간관계로 인한 문제는 한쪽이 애쓴다고 해서 쉽게 풀 수 있는 것이 아니다. 관계의 해결책은 우리의 노력이 닿지 않는 어딘가에 숨겨져 있을지도 모른다.

모든 대인 관계에 딱 들어맞는 법칙 같은 것도 존재하지 않는다. 요컨대, 필요 이상으로 가까워지지 않아야 꾸준히 유지되는 관계가 있는가 하면, 시시콜콜한 이야기를 나누면서 속마음을 솔직하게 털어놓아야 갈등을 회복하고 원래의 상태를 되찾는 관계도 있으니 말이다.

나도 인간관계에서 비롯되는 고민 때문에 한숨을 푹푹 내쉴 때가 있다.

다만 난 누군가와 멀어지는 것이 두려워서 그 사람에게 모든 걸 맞춰주진 않는 편이다.

관계를 지키는 것도 중요하지만 '나'라는 존재를 지키는 것이 때론 훨씬 중요하다고 여기기 때문이다.

최근 마트에서 장을 보다가 흥미로운 이야기를 들었다. 같은 과일도 커다란 상자에 드문드문 담을 때보다 작은 상자에 다닥다닥 보관할 때 훨씬 빨리 썩는다고, 어느 직원이 알려주었다.

숨 쉴 공간이 필요한 게 어디 과일뿐이랴. 사람 사귐도 때로는 적당한 틈이 필요하다.

일찍이 그리스의 철학자 디오게네스는 "사람을 대할 땐 불을 대하듯 해야 한다. 다가갈 때는 타지 않을 정도로 접근하고, 멀어질 땐 얼지 않을 만큼만 떨어져라"라고 말하면서 인간관계야말로 적당한 거리가 필요하다고 강조했다.

정도의 차이만 있을 뿐, 사람은 누구나 대인 관계에서 비롯되는 고민을 안고 산다.

오래전 맺은 인연을 유지하기 위해 애쓰다가 상처를 받기도 하고, 새로운 인연을 맺는 과정에서 얻은 상처가 마음 구석구석에 쌓여서 곪아터지는 경우도 있다.

그러므로 관계를 개선하기 위해 아무리 노력해도 둘 사

이에 존중감이 스미기는커녕 돌아오는 게 매번 상처뿐
이라면, 그 관계를 계속 끌고 갈지, 아니면 상대와 적당
한 거리를 둬야 할지 한 번쯤 고민해봐야 한다.

내 존엄성을 짓밟혀가면서까지
마땅히 유지해야 하는 인연은 없는지도 모른다.

나를 빼앗기면서까지 지켜야 하는 관계는,
정상적인 관계가 아니다.
온 힘을 다해 벗어나야 하는 굴레에 불과하다.

인연을 맺고 푸는 일

삶은 타인과 인연을 맺고 푸는 과정에서 생겨나는 이야기의 총합이다. 인연이 이어지고 끊어질 때마다 기억 속에 숱한 사연이 쌓인다.

관계의 물결 속을 헤엄치며 만남과 헤어짐을 거듭하다 보면 깨닫게 된다. 나와 좋아하는 게 비슷한 사람과는 빨리 친해질 수 있지만 정작 오랜 기간 관계를 유지할 수 있는 사람은 나와 싫어하는 게 비슷한 사람임을.

또한 친한 사이는 어떤 이야기를 나누더라도 불편하지 않은 관계가 아니라 때론 이야기를 전혀 나누지 않아도 불편하지 않은 관계라는 것을.

좋은 사람들 틈에

이해할 수 없는 사람이
섞여 있다

세상엔 좋은 사람이 훨씬 많
지만 그 틈바구니엔 도무지 이해할 수 없는 사람이 일부
섞여 있기 마련이다.

그런 사람과의 만남과 접촉을 피할 수 있으면 좋으련만,
내가 일부러 다가가지 않아도 그쪽에서 슬금슬금 접근
하는, 아니 닥쳐오는 경우가 많다. 미리 대응할 수 없다.
교통 법규를 지키며 정속 주행을 하다가 갑자기 끼어든
난폭 운전 차량 때문에 애를 먹는 것처럼 말이다.

몇 해 전, 경찰관이 집에 찾아왔다. 일본 오키나와에서
내가 괴한에 의해 납치돼 호텔에 감금됐다고, 누군가 경
찰에 신고했다고 했다.

"신고를 받고 출동했습니다. 혹시 이기주 작가님 집에
계시나요?"

"예, 제가 이기주입니다. 전 오늘 집 근처 서점에 다녀왔
습니다. 요 근래 일본에 다녀온 적도 없는데요."

허위 신고였다. 신고 내용이 허위임을 확인한 경찰이 전
화가 걸린 장소를 추적했더니 인천공항 인근에 있는 공

중전화로 밝혀졌다. 나는 뒷맛이 개운치 않았지만 구체적인 피해를 본 것이 아니기 때문에 별다른 조치를 취하지는 않았다.

당연한 말이지만, 무언가 얻는 것이 있으면 잃는 것도 있기 마련이다. 《언어의 온도》와 《말의 품격》 같은 책이 대중에게 널리 알려지면서 작가로서의 내 삶에도 꽤 변화가 있었다.

좋은 일도 많았고 많은 혜택도 누렸지만, 한편으론 이처럼 황당한 일을 종종 겪고 있다. 유명해지는 일이 나와 맞지 않는 것 같아서 일부러 방송 출연이나 강연 활동을 하지 않는 내게 이런 일이 일어났다는 사실이 황당하기도 하고 흥미롭기도 하다.

허위 신고의 경우 이상한 사람의 장난이겠거니 생각하며 어물쩍 넘겼지만, 얼마 뒤 소셜 미디어를 통해 더 어처구니없는 일을 겪어야 했다.

두어 해 전부터 내 소셜 미디어에 "이기주 너 이 자식, 넌 나와 우주의 기운으로 연결되어 있다는 것을 잊지 마!"
라는 식의 댓글이 달리기 시작했다.

작성자는 아이디를 수시로 바꿔가며 메시지를 보내기
도 했는데 욕설과 망상이 뒤섞여 있는 건 마찬가지였다.
처음에는 그 사람을 이해해보려고 했다.

'뭐지? 다른 인물과 날 혼동한 건가? 그래도 무슨 사정이
있어서 이러는 거겠지?'

그러나 그런 댓글이 지속해서 달리는 것을 확인하고는
이해하려는 노력을 그만두었다.

'아, 내 상식으로는 도저히 이해할 수 없는 사람이구나.
이 사람이 왜 이 같은 행동을 하는지, 왜 이러한 마음을
먹게 됐는지 내가 구태여 이해할 필요가 있을까? 그래,
그냥 이해할 수 없다는 사실을 깔끔하게 인정하도록 하
자!'

이렇게 생각했더니 마음이 한결 편안해졌다. 그 후로는
이상한 댓글이 달려도 일일이 확인하지 않는다. 살포시
차단 버튼을 눌러 눈앞에서 사라지게 만든다.

이해할 수 없는 일이기에 그냥 내버려두기로 했다.

바꿀 수 없는 일이기에 그냥 받아들이기로 했다.

그래야 내가 이해할 수 있는 일과 바꿀 수 있는 일에 집중할 수 있기 때문이다.

그래야 세상으로부터 나를 지킬 수 있기 때문이다.

004

가끔은

그릇되게 말하는 사람에게서
배운다

"당신 같은 사람을 세상이
뭐라고 부르는 줄 알아? 구제 불능, 민폐, 걸림돌이라고
하지. 그리고 난 이렇게 불러주고 싶어. 똥 덩어리!"
드라마 〈베토벤 바이러스〉의 주인공 강마에 김명민는 오
만함으로 똘똘 뭉친 오케스트라 지휘자다. 그는 단원들
의 연주가 마음에 들지 않으면 깊은 산속 폭포 아래에서
피나는 연습으로 득음의 경지에 오른 명창의 시원한 발
성으로 온갖 독설을 퍼붓는다.

"너희는 내 악기야. 내가 시키는 대로 짖으란 말이야!"

"인간의 본성이 선과 불선不善으로 나뉘어 있지 않은 것은 마치 물이 동서로 나뉘어 있지 않은 것과 같다"면서 사람은 본래 선하지도 악하지도 않다는 '성무선악설性無善惡說'을 주장한 고자告子도 "아차, 강마에는 예외입니다"라고 말하며 두 손 두 발 다 들지도 모른다는 생각이 드라마를 보는 내내 들었다.

한때 내가 다니던 회사에도 강마에처럼 타인의 단점을 발견하기 위해 혈안이 돼 있는 사람들이 있었다.

인간이 입으로 쏟아낼 수 있는 추잡한 표현의 한계를 거뜬히 초월하는 그들의 저열한 화법을 면전에서 받아낼 때마다 나는 마음이 더러워지는 기분이 들었다.

다만 나는 직접 그런 일을 겪거나 목격함으로써 그들의 내면세계를 어렴풋하게나마 엿볼 수 있었다. 내가 내린 결론은 이랬다.

'아, 이 사람은 작은 스트레스를 이겨내지 못하는 사람이구나. 불안 요인이 생기면 그것을 극복하려 하지 않고

도망치기 바쁘구나. 남을 헐뜯고 공격하는 행위를 통해
불안함에서 벗어나려 하는구나. 어쩌면 이들은 사악한
사람이 아니라 나약한 사람인지도 몰라.'

물론 밥벌이를 하면서 싫어하는 사람과 어울리지 않으
려 하는 건 욕심인지 모른다. 어쩔 수 없이 우린 강마에
같은 사람들과 부단히 부대낄 수밖에 없다.

그렇다면 그들은 우리 삶에 아무런 도움을 주지 않는 그
저 백해무익한 사람들일까?

글쎄다. 꼭 그렇지도 않은 것 같다. 곰곰이 생각해보면,
때로 그들은 내게 깊은 가르침을 주었다. 실로 그랬다.
현명하게 행동하는 사람이 아니라 오히려 그릇된 언행
을 일삼는 사람들이 내 스승이 되어주었다.

그들의 뒷모습을 바라볼 때마다 나는 생각했다.

'난 저렇게 살지 말아야지. 저 사람이야말로 어디 가서
쉽게 만날 수 없는 이 시대의 참스승이야, 참스승!'

005

이누이트는

훌륭하다는 말을
좀체 하지 않는다

"전 경쟁을 믿지 않습니다.

배우는 각자 다른 역할을 연기하잖아요. 서로 경쟁 상대

가 될 수 없어요."

제93회 미국 아카데미 영화상 시상식에서 윤여정 배우

가 밝힌 수상 소감이 화제를 낳았다. TV 너머에서 그녀

의 이야기에 귀를 기울이던 나는 고개를 끄덕이며 박수

를 보냈지만, 한편으론 씁쓸한 생각도 들었다.

소위 '탈경쟁'에 관한 소신이 사람들의 입에서 입으로

옮겨지며 호응을 얻는다는 것은, 그만큼 많은 사람들이

타인과 자신을 비교하느라 상대적 박탈감과 좌절감에 시달리고 있다는 것을 의미하기 때문이다.

물론 이런 세태에서 멀찌감치 벗어나 있는 이들도 있기 마련이다. 우리가 흔히 '에스키모'라고 부르는 이누이트가 대표적이다. 극지에서 사는 이누이트의 토착어에는 '훌륭한'이라는 표현이 없다고 한다.

정확한 배경은 알려지지 않았지만, 내 추측은 이렇다.

일반적인 수준보다 두드러지게 뛰어난 능력과 성취를 보이는 사람에게 우린 '훌륭한'이란 수식어를 부여한다. 훌륭하다는 평가를 받는 인물을 진심으로 축하해주는 사람만 있다면 좋겠지만 현실은 그렇지 않다.

"소가 뒷걸음질치다가 쥐 잡은 격이지!"라고 목소리를 높이며 성과를 폄하하거나 시기하는 사람이 틀림없이 나타나기 마련이고, 한편에서는 '나는 좋은 평가를 받지 못했으니 별 볼일 없는 사람이 되는 건가?'라는 생각에 자신감을 잃거나 열패감에 시달리는 사람도 존재하기 마련이다.

이런 까닭에 이누이트는 '훌륭한'이라는 단어를 토착어 밖으로 아예 축출해버린 것인지도 모른다.

타인과의 비교 속에서 불행을 자초하거나 능력주의에 기반해 서열을 나누는 풍조가 그들 문화에 애당초 뿌리 내리지 못하도록 말이다.

그러므로 혹시라도 훗날 이누이트가 사는 그린란드를 방문할 경우 "여기서 가장 훌륭한 사냥꾼은 누구죠?" 따위의 질문은 하지 않길 바란다. 왜 그런 걸 물어보느냐 하는 표정과 함께 다음과 같은 대답이 돌아올 테니.

"가장 훌륭한 사냥꾼에 대해선 생각해본 적 없는데요."

"그러니까 이번 기회에 생각해보세요."

"우리 마을에는 고래를 잡는 사냥꾼 혹은 물범을 잡는 사냥꾼만 있을 뿐입니다. 훌륭한 사냥꾼은 없습니다. 훌륭한 썰매도 없어요. 각기 다른 모양의 썰매만 있을 뿐이죠. 당신이 사는 곳은 그렇지 않은가 보군요!"

006

용기는 참기름 같은 것이 아닐까

존 웰스 감독의 영화 〈더 셰프〉의 까칠한 요리사 애덤 존스브래들리 쿠퍼는 여느 영화 속 주인공이 그러하듯이 겉으론 강해 보이지만 속으론 아물지 않은 상처를 꼭꼭 숨긴 채 살아가는 사람이다. 과거에 저지른 과오로 괴로워하는 그는 "모든 요리는 완벽해야 해. 완벽하지 않은 요리는 버려!"라고 외치며 식당을 차리고 재기를 노리지만, 독선적인 태도와 과격한 언행으로 동료와 사사건건 충돌한다. 일이 뜻대로 풀릴 리가 없다.

뭔가 아닌 것 같다는 생각은 하지만 뾰족한 수가 없어 이러지도 저러지도 못하는 상황에서 시름만 깊어가던 어느 날, 로스 힐드에마 톰슨라는 상담사가 그에게 이런 이야기를 들려준다.

"타인에게 도움을 요청하는 걸 두려워하거나 부끄럽게 생각하지 마세요. 어쩌면 가장 용기 있는 행동일지도 모릅니다."

옳다. 어려움과 맞닥뜨릴 때 도망가지 않고 당당히 맞서는 것만이 용기는 아니다. 삶이 원하는 방향으로 흘러가지 않을 때 타인에게 적절한 도움을 요청하는 것도 용기임이 분명하다. 왜냐하면 직면한 문제와 현실의 한계를 담대하게 받아들이는 사람만이, 누구에게 도움을 청해야 하며 구체적으로 어떤 도움을 받을 수 있는지를 명확하게 인식할 수 있기 때문이다.

용기란 무엇일까. 우린 왜 중요한 순간에 용기를 내지 못해 두려움 속을 정처 없이 표류하는 걸까.

용기의 사전적 의미는 '씩씩하고 굳센 기운 또는 사물을 겁내지 아니하는 기개'를 뜻하지만, 이와는 별개로 용기란 참기름 같은 것이 아닐까 하는 생각도 든다.

김이 모락모락 나는 쌀밥에 식욕을 돋우기 위해 참기름 몇 방울을 떨어트리면 고소한 향이 그야말로 순식간에 퍼져나가 밥그릇 전체를 휘감는다.

용기야말로 그렇다. 커다란 일을 해결하는 데 꼭 커다란 용기가 필요한 것은 아닐 것이다. 한두 방울의 용기만으로 마음을 진하게 물들일 수 있다면, 용기가 스며든 마음으로 두려움의 문턱을 넘어갈 수 있다면, 그것만으로 충분하다.

007

악플 속에는

사실 아무것도 없다

"사람들은 남의 일에 관심이 없어요. 그러니 대담하게 행동하세요"라는 말은 상대의 기분을 고려하지 않은 채 너무 쉽게 위로를 건네는 사람들이 위로의 레퍼토리를 다양화하기 위해 지어낸 말이 아닌가 싶다. "남 얘기 사흘입니다"라는 말이 들려와도 난 눈을 질끈 감는다.

대부분 사람은 타인의 삶에, 타인의 행복은 물론이고 특히 불행이나 추락에도 관심이 많다. 겉으로 관심이 없는 척하거나 쉽게 망각하는 것뿐이다.

사람들이 얼마나 타인의 삶에 관심이 많은지를 여실히 보여주는 것 가운데 하나가 악플이 아닌가 싶다.

"안티팬도 팬입니다" 또는 "댓글이 전혀 달리지 않는 무플보다는 차라리 악플이 낫습니다" 같은 이야기를 듣는 순간 나는 고개를 가로젓는다.

숫자와 동물 명칭 등의 조합으로 이루어진 악플엔 상대에 대한 존중이 티끌만큼도 없다. 조롱과 비아냥으로만 점철되어 있을 뿐이다.

신인 작가 시절엔 나에 대한 악플을 발견하면 '왜 하필 내 계정에 찾아와서 이런 욕을 남기는 거야? 왜 내 삶에 관심을 두는 거지?'라는 생각에 지인들과 이를 상의하기도 했다.

뭐랄까. 도마 위에 올려진 생선 같은 기분이 들었다고 할까.

하지만 언제부터인가 난 악플이 달리든 말든 그다지 신경을 쓰지 않는다. 비방과 조롱이라는 껍질로 싸여 있는 악플 속에 실은 아무것도 없다는 것을 깨달았기 때문이다.

달리 표현하면, 악플의 안쪽에는 '무無'밖에 없다.

갑골문에서 없을 '무無'는 양손에 깃털을 쥐고 춤을 추는 사람으로 그려져 있다. 지나치게 화려한 춤은 아무것도 없는 것을 감추려는 의도에서 비롯되는 것인지 모른다.

악플도 마찬가지. 요란한 악플일수록 그 속은 공허하기 짝이 없다. 악플의 외피를 벗기고 안쪽을 들여다보면 분노와 불안, 집착, 쓸쓸함 같은 덧없고 허망한 몸부림만 드러날 뿐이다.

주변에 악성 댓글 때문에 고충을 토로하는 이들이 적지 않다. 나는 그들을 만날 때마다 이야기해준다.

악플은 잘못 배송된 소포 같은 것인지 모른다고. 굳이 포장을 뜯어서 확인할 이유가 없다고. 수취를 거부하면 그뿐이라고.

그 속에는 아무것도 없을 거라고….

008

우월감을 느끼려고
험담에 가담하는 사람들

"이건 너희만 알아야 해. 비밀이야, 비밀."

집 근처 카페에서 책을 읽고 있는데 옆 테이블에서 수런거리는 소리가 들려왔다. 일반적으로 비밀은 "너희한테만 알려주는 거야"라는 말을 필두로 하여 세상으로 빠르게 퍼져 나가기 시작한다. 난 얼결에 귀를 쫑긋 세웠다. 그들의 대화는 다음과 같이 이어졌다.

"작년에 결혼한 A와 B 있잖아. 최근에 이혼했대!"

"정말? 별거가 아니라 아예 갈라선 거야? 내가 그럴 줄 알았다니까. 미안한 말이지만 둘이 안 어울리긴 했어."

"네 눈에도 그렇게 보였구나. 아무튼 내가 인생 선배로서 결혼 생활에 대한 충고를 좀 해주려 했는데 말이야. 아쉽게 됐네. 하하하!"

비밀을 발설하는 사람의 입술에서 서늘한 웃음소리와 함께 '충고'라는 단어가 튀어나오는 순간 나는 고개를 갸웃거렸다. 짐짓 궁금했다.

'아니, 충고라니. 남의 결혼 생활에 충고해줄 수 있는 사람이 있기나 할까. 그리고 그럴 줄 알았다니. 한 치 앞도 알 수 없는 게 우리네 인생인데, 본인은 누군가의 삶을 예측할 수 있다는 거야, 뭐야?'

나는 이혼 당사자들을 향한 조롱과 뒷말에 점령당하다시피 한 카페를 빠져나오면서 최근 이혼한 지인들의 이야기를 떠올렸다.

한 지인은 결혼 생활 내내 불행했는데 이혼 후 더 깊은 불행으로 빠져든 것 같아서 안개 속을 걷는 기분이라고 말했고, 또 다른 지인은 결혼 때문에 한때 불행했었지만 이혼 절차를 마무리하고 나니 해방감은 물론이고 행복

감마저 느낀다며 눈앞이 선명해지는 것 같다고 밝힌 경우도 있었다.

그들이 이혼을 결심한 배경과 원인이 각기 다른 만큼 이혼 후 심경 또한 다 달랐다.

사정이 이러할진대, 사람들은 가까운 사람의 이혼 소식을 접하면 사정을 헤아리긴커녕 당사자가 없는 자리에 모여 뒷담화에 열을 올린다. 그 과정에서 구미에 맞게 사실을 왜곡하기도 한다.

왜 우린 남 이야기하기를 좋아하는 것일까? 어째서 남 이야기의 상당 부분은 꼭 험담으로 채워지는 것인가? 그 험담이 통상적인 비방이나 헐뜯음을 넘어 인간적인 모멸을 주는 단계에 이르는 이유가 뭘까? 도대체 왜?

《모멸감》을 쓴 김찬호 사회학자에 따르면, 한국인이 자신의 존재 가치를 타인을 통해 확인받고 싶은 순간 많이 행하는 방법이 상대에 대한 '모멸'이라고 한다.

절로 고개가 끄덕여진다. 주변을 보면 단순히 소문을 퍼트리기 위해서가 아니라, 타인이 지닌 허물을 크게 부풀려 본인이 도덕적인 우월감을 느끼려는 목적에서 험담을 일삼는 이들이 많다.

험담의 표적을 업신여기고 경멸하면서 자신이 그 사람보다 온전한 존재임을 확인하려 든다고 할까.

하지만 자기 길을 묵묵히 걷는 사람을 가로막고 "이봐, 이 길은 아니야. 지금 어디로 가는 거야?"라는 식으로 훈계하듯 캐묻는 사람일수록 정작 자신에 대해선 무지한 경우가 많다.

자기 삶을 확신하지 못하고 스스로 제 가치를 인식하지 못하는 데서 오는 불안을 떨치고 싶어서 최선을 다해 '뒷담화'에 가담하고 타인을 모멸하는 것인지 모른다.

그들이 타인의 흠을 들추는 과정에서 동원하는 수단과 방법은 꽤 다양하지만 목적은 하나로 수렴한다.

어느새 희미해질 대로 희미해진 자신의 존재감을 확인하기 위함이다. 안타까운 일이다.

너무 쉬운 용서의 부작용

미안未安은 말 그대로 마음이 안녕하지 못하다는 뜻이다. 잘못을 사과하는 사람은 대개 "미안"이라는 말을 높이 치켜들고 고개를 숙인다. 예전에는 이 말이 귓속으로 스며드는 순간 마음을 열었지만, 이젠 너무 쉬운 용서는 하지 않기로 마음먹었다. 이유는 간명하다. 내게 너무 쉽게 사과의 뜻을 전하고 너무 쉽게 용서받은 인물이, 내게 저지른 것과 비슷한 잘못을 최근 다른 사람에게 저질렀다는 걸 알았기 때문이다. 너무 쉬운 사과와 용서가 너무 쉬운 잘못을 확대 재생산하는 것인지도 모르겠다. 슬픈 일이다.

대부분 사람은

적당히 나쁘고
적당히 착하다

　　　　　　　　나는 냉소와 편견이야말로
우리가 대인 관계에서 취할 수 있는 가장 쉽고도 가벼운
태도라고 생각한다.

냉소와 편견은 타인을 구체적으로 알아가려는 노력이
부족할 때 마음속에 슬그머니 똬리를 튼다.

그렇게 두둑하게 쌓인 편견은 세상에서 가장 높고 견고
한 담장이 되어, 편견의 주인이 외부를 내다볼 수 없게
만든다.

이 문제에서는 나도 역시 자유롭지 못하다. 직장인으로
살던 시절의 기억이다. 평소 입을 함부로 놀리고 다른
동료들과 자주 언성을 높이며 충돌하던 선배가 있었다.
내 입장에서는 존경할 만한 구석이 전혀 없어 보였다.
그와 가까이 지내지 않았다.

그런데 웬걸, 그는 다른 후배들 사이에선 꽤 인기 있는
선배로 통했다. 구수한 입담의 소유자인 데다 술자리에
서 후배들에게 격려와 조언을 아끼지 않았던 모양이다.

살다 보면 내겐 최악인 사람이 다른 누군가에겐 최선의 사람인 경우가 왕왕 있다.

대인 관계의 상대성이라고 해야 하나.

하긴 사람만큼 다면성을 지닌 존재도 드물다. 바라보는 시선과 기분과 입장에 따라 같은 사람도 다르게 보이기 마련이다.

편견에 물들지 않기 위해 그리스의 회의론자들은 '판단 중지'를 뜻하는 '에포케epoche'에 입각해 사유했다.

이는 본래 '멈추다' '있는 그대로 두다'라는 뜻을 지닌 단어인데, 당시 철학자들 사이에선 판단 대상에 대한 정보가 충분하지 않으면 쉽게 판단하지 말아야 한다는 의미로 사용됐다.

사람과 상황의 본질을 제대로 인식하기 위해 수시로 "에포케!"를 외쳐야 하는 건 오늘날도 마찬가지다.

우리가 사회생활을 하면서 마주하게 되는 사람들 중에 완벽하게 나쁜 사람 혹은 완벽하게 착한 사람이 몇이나 되겠는가. 한쪽으로 완전히 기울어져 있는 사람은 아마 드물 것이다. 모르긴 몰라도, 착함과 나쁨의 비율이 복잡하게 뒤섞여 있는 사람이 대부분이지 않을까.

그런데도 우린 "척 보면 알지!"라고 단언하면서 너무 쉽게 사람을 판단한다. 인간이 지닌 복잡성을 무시한 채, 지금 서 있는 위치에서만 상대를 바라보고 함부로 됨됨이를 평가하는 우를 범한다.

때론 남이 아니라 자기 자신에 대해서조차….

011

잘 모르면서
다 안다고
말하는 사람들

아주 오래전 일이다. 어린 시절부터 알고 지내던 친구가 스스로 생을 등졌다. 그전까지는 서로에 대해 속속들이 알고 있다고 생각했었다. 착각이었다.

친구를 하늘로 떠나보내고 나서야 뒤늦게 알았다. 내가 녀석에 대해 모르는 것이 너무나 많았다는 것을. 친구를 충분히 알고 있다는 그릇된 확신 때문에 알아가려는 노력을 제대로 기울이지 않았다는 것을….

왜 우린 어떤 대상이나 상황을 제대로 알지 못하면서도 잘 알고 있다고 착각하는 걸까? 아는 것이 전혀 없어도 조금은 알고 있다고 이야기하기 좋아하는 걸까?

내 생각은 이렇다. '보다' '깨닫다' '겪다' 등의 동사를 편의상 '알다'로 뭉뚱그려서 표현하는 경우도 있을 테지만, 대부분은 "잘 모르겠습니다!" 하고 이실직고하는 순간 대화에서 배제될지 모른다는 불안 때문에 얼굴에 철판을 깔고 몰라도 안다고 말하는 게 아닌가 싶다.

모른다는 사실이 두려운 게 아니라 무리에서 소외되는 것이 두려운 것이다.

언어에는 그 사회의 인식이 반영된다. '알다'의 사전적 의미도 변화하는 사회의 인식을 반영해 머지않아 수정될지 모른다. '알다: 무리에서 배제되지 않기 위해 안다고 둘러대는 행위' 정도로 말이다. 용례는 아마 다음과 같지 않을까 싶다.

"회사에서 동료들 눈치 보느라 몰라도 안다고 말할수록 당신은 모르는 게 많은 사람이 됩니다."

012

섬세하지 않은 질문과
무례한 질문

"이혼 후 가장 힘들었던 순
간은 '이혼하신 것 같던데 괜찮은 거죠?'라는 질문을 받
을 때였어요."

예능 프로그램에 출연한 어느 연예인의 고백이다. 그는
이혼을 겪은 사람의 마음이 편할 리 없는데도 다짜고짜
괜찮냐는 질문을 퍼붓는 사람이 많다고 하소연했다.

더욱이 본인은 얼굴이 알려진 사람이므로 항상 덤덤한
척하면서 괜찮다는 말을 되풀이할 수밖에 없었고, 그런
모습이 스스로 안타까웠다고 회고했다.

그도 그럴 것이 아직 우리 사회는 힘든 것을 힘들다고, 아닌 것을 아니라고 솔직하게 말하는 사람들에게 관대하지 않다. 괜찮냐는 질문에 "전 안 괜찮은데요!" 하고 속마음을 그대로 털어놨다가는 유난스러운 사람이라는 꼬리표가 달리는 수가 있다.

누가 봐도 괜찮을 리가 없는 상황인데 그걸 헤아리지 못한 채 괜찮냐고 물어보는 행위는 그나마 '섬세하지 않은 질문' '덜 미운 질문' 정도로 받아들일 수 있다. 상대방에 대한 염려가 어느 정도 스며 있기 때문이다.

문제는 질문의 의도가 불순한 경우다. 누구나 한 번쯤 다음과 같은 상황에서 황당함과 당혹감이 뒤섞인 표정을 지으며 절레절레 고개를 흔든 경험이 있으리라.

"내가 좀 솔직한 편이잖아. 솔직하게 질문해도 괜찮지, 김 대리?"

"그, 그럼요. 이 부장님."

"난 잘 모르겠는데 박 과장이 그런 말을 하더군. 자네가 업무 처리는 잘하는데 종종 팀 분위기를 망치는 것 같다고. 듣자 하니 회식에도 잘 참석하지 않는다면서? 대체 어떻게 된 건가? 박 과장의 의견에 대해서 어떻게 생각하나?"

"네?"

이런 상황에서 아무렇지 않게 웃어넘길 수 있는 사람도 있겠지만 대부분은 듣자마자 얼굴이 굳어지지 않을까 싶다. 십중팔구는 아래와 같은 생각을 떠올리지 않을까.

'이게 질문입니까, 훈계입니까? 궁금한 게 있어서 질문하는 것이 아니라 저를 질책하려고 물어보는 거잖아요. 게다가 본인 입을 더럽히지 않으려고 다른 사람의 말을 인용하면서 캐묻는 건 정말 비겁한 태도 아닌가요?'

질문의 뜻을 지닌 영어 단어 'question'의 어원을 '탐구'로 보는 이도 있고 '호기심'으로 보는 이도 있다.

온당한 질문엔 어떤 대상을 깊이 파고들어 연구하려는 의도와 질문자의 호기심을 해소하려는 목적이 적절히 뒤섞여 있다.

이 두 요소가 결여되거나 호기심 쪽으로 지나치게 기울어진다 싶으면 재깍 입을 다물어야 한다.

그런 입술에선 무례함을 솔직함으로 포장하는 질문밖에 돋아나지 않는다.

그런 질문을 쏟아내지 않아서 하는 후회보다, 내지르고 나서 하는 후회가 훨씬 크고 무거울 수밖에 없다.

013

뒤집는 일은
균형을 맞추는 일

TV를 통해 잔잔한 바다에 떠 있는 김 양식장의 풍경을 보았다. 양식 방법에 따라 다소 차이가 있기는 하지만 물속에 잠겨 있는 김발을 하루에도 몇 번씩 들어 올려서 뒤집어줘야 한다고, 자막에 적혀 있었다. 그래야 김이 햇볕을 고르게 쬐고 잘 자란다고 했다.

안과 겉을 수시로 뒤바꾸거나 위와 아래의 방향을 달리하면서 균형을 맞춰야 하는 일들이 참으로 많다.

고기와 생선을 구울 때도 적절히 뒤집지 않으면 어느 한 쪽만 익고 다른 한쪽이 설익어 제대로 맛을 음미할 수 없다. 음식만 그런 것은 아닐 것이다. 우리가 삶을 영위 하는 과정에서 품는 희망과 포부 또한 가끔은 거꾸로 뒤 엎어서 다른 관점으로 살피지 않으면 한쪽으로 치우치 거나 매몰되기 쉽다.

보이는 것이든 보이지 않는 것이든, 하나의 면으로만 이 루어진 것은 세상에 존재하지 않는다고, 나는 믿고 있다. 일어나는 모든 일에는 양면성이 있으며, 사물과 감정은 드러나는 면과 드러나지 않는 면을 동시에 지닌다.
그러므로 무언가를 잘 길러내려면 그것의 정면과 상부 만 응시할 것이 아니라 뒤쪽 혹은 아래쪽으로 짙게 드리 워지는 음영陰影까지도 꼼꼼히 살펴야 한다. 김을 양식 하듯이 때때로 뒤집어줘야 한다.

014

창작과 성공과
변신에 관하여

"여기 먼지가 있잖아"라고 소리치면서 손으로 가리키는 일은 누구나 할 수 있다. 하지만 그런 말을 하는 모든 사람이 걸레로 먼지를 닦아내는 건 아니다.

자신과 자신의 주변을 고유한 방법으로 문질러서 반짝이게 만드는 건 그렇게 만만한 일이 아니다.

창작도 그렇다. 창작은 아무나 할 수 있지만, 꾸준히 창작을 하면서 삶을 이어나가는 사람은 그리 많지 않다.

다른 일에 눈을 돌리지 않고 창작에 전념하려면 최소한

의 호구지책을 마련해야 하고, 전작에 못 미친다는 가혹한 비평과 한물갔다는 세간의 빈정거림에도 흔들리지 않아야 한다.

타인의 인정에 얽매이지 않는 창작자도 많지만 그렇지 않은 경우도 많다.

지금 이 순간에도 많은 창작자가 자신의 예술 세계를 누군가에게 인정받기 위해 부단히 애쓰고 있으리라.

어떤 이는 시대를 대표하는 예술가가 되어 뭇사람들의 추앙을 받더라도 밤하늘에 홀로 반짝이는 별처럼 홀가분하게 살기를 원할 테고, 어떤 이는 대중의 관심 속에서 성공과 성취를 이루는 삶을 갈망하고 있을 것이다.

하지만 냉정히 생각해보면 성공이라는 건 개인의 노력과 절박함만으로 다가갈 수 있는 세계가 아니다.

성공에 영향을 미치는 변수가 그야말로 차고 넘친다. 성공은 노력, 기회, 관계, 유행, 시대정신, 특히 운 따위가 절묘하게 어우러지는 순간 우연히 다가오는 것일지 모른다. 노력은 여전히 중요하지만 노력 여부가 성취를 전적으로 좌우하는 시대가 아니다.

더욱이 한 번 크게 엎어지면 다시 일어나기 힘든 세상이 아닌가. '모 아니면 도!'라는 생각으로 모든 역량을 총동원해서 목표를 향해 돌진하기보다 남은 에너지와 비용을 확인해가면서 차근차근 접근하는 것이 현명한지도 모른다. 설령 결과가 좋지 않더라도 입술을 파르르 떨면서 자책하거나 스스로 절망의 늪으로 빠져들기보다 힘을 아껴가며 담담히 때를 노려봄 직하다.
"이번에는 운의 문턱을 넘지 못한 건지도 몰라…"라는 말을 목구멍으로 삼켜가면서.

어떻게 하면 창작자로서 대중의 인정을 받고 나아가 성취를 거머쥘 수 있는지, 여전히 난 잘 모르겠다. 다만 나는 대중의 사랑을 받는 창작물들을 유심히 들여다볼 때마다 묘한 공통점을 발견하곤 한다.
우선, 억지로 꾸민 흔적이 없이 자연스럽다. 어느 분야든

내공이 있는 사람의 손끝에서 태어난 작품은 흐르는 물처럼 자연스럽기 때문에 대중의 가슴으로 흘러가는 데 막힘이 없다.

또한, 창작자와 감상자가 작품을 매개로 하여 유사한 감정을 느끼는 경우가 많다. 표현 방식이나 작품에 담긴 메시지가 사람들에게 공감을 불러일으켰기에 가능한 일이다.

이 두 요소가 적절히 깃든 창작물에 개성이라는 날개가 돋아나면 그 작품은 마치 지구의 중력을 이겨내고 대기권을 벗어나는 우주선처럼, 대중의 마음을 향해 걷잡을 수 없는 기세로 날아가기 마련이다. 입소문과 함께….

문제는 대중의 시선에서 '낯섦' 쪽에 위치하던 작품이 널리 알려지고 소비되다 보면 서서히 '익숙함' 쪽으로 이동하게 되고, 자칫 작품이 지닌 신선함과 독특함이 사라질 수 있다는 점이다.

보편성이 개성을 덮어버리는 것이다. 일식이 일어날 때 달이 태양의 일부나 전부를 삼켜버리는 것처럼.

그러면 대중은 자연스러움, 보편성, 독창성 등이 적절히 균형을 이룬 또 다른 창작물을 찾아 하나둘 떠나기 시작한다. 대중의 뒷모습을 물끄러미 바라본 창작자는 고개를 숙이며 의지를 다지게 된다.

'그래, 변신할 때가 됐어. 과거의 나를 버리는 거야. 지금까지와는 다른 모습을 세상에 보여주마. 아, 잠깐. 가만 보자. 지나친 변신은 부작용을 낳을 수도 있어. 어렵게 쌓아 올린 나만의 기법을 허물어버리면, 내게 아무도 관심을 두지 않을 때부터 날 아껴주던 소중한 사람들과 멀어질지도 몰라. 어떤 선택을 해야 하지?'

나 역시 작가로 살아오면서 내 글의 문체를 고수할지, 돌연 변신을 꾀할지를 두고 고민하던 시기가 있었다. 두 길을 모두 걸어갈 순 없었다. 선택해야 했다.

다만 숙고 끝에 내린 결론은 의외로 간단했다.

너무 급작스러운 변신과 둔갑은 지난 세월에 대한 미련
에서 비롯되는 것일지 모른단 생각이 들었다. 그렇기에
지난날 나를 스치듯 지나간 것들을 애써 붙잡지 않기로
마음먹었다. 나는 다음과 같은 결론에 이르렀다.

'새로운 시도는 좋지만 달라지려고 너무 애쓰지는 말자.
과거의 영광과 운에 미련을 두지도 말자. 일시적인 건
본디 붙잡을 수 없는 것이다…. 어쩌면 작가는 하나의
중요한 생각을 다르게 표현하기 위해 평생 몸부림치는
사람인지 모른다. 그러니 그동안 써 내려온 문장을 틈틈
이 들여다보면서 지나온 삶의 여정을 확인하고 거기에
서 희망과 가능성의 요소를 발견하자. 그걸 추동력 삼아
계속 걸어가자. 운이 좋으면 언젠가 같은 길 위에서 대
중과 다시 마주칠 수도 있을 테니….'

015

다이아몬드로
공기놀이하는 마을

현대 문명을 거부한 채 고
유한 문화 체계를 구축하고 있는 어느 마을에 한 사내가
살았다.

마을엔 다이아몬드가 지천으로 널려 있었다. 그곳 사람
들은 틈틈이 이웃집에 모여 다이아몬드로 공기놀이를
했다. 그들에게 다이아몬드는 반짝거리는 돌멩이에 불
과했다.

그러던 어느 날, 타국으로 유학을 떠났던 사내의 친구가
귀향했다. 그는 마을 사람들이 여전히 다이아몬드를 가
지고 노는 것을 보고 매우 놀랐다.

"여보게, 내가 조언 하나 해도 되겠나?"

"얘기해보게, 우린 오랜 친구 사이 아닌가."

"언제까지 다이아몬드로 공기놀이를 하며 지낼 텐가. 이제 그렇게 살지 말게. 다른 문화에서는 비싼 값에 팔린다네."

"정말인가?"

친구의 설득에 넘어간 사내는 자신이 걸어온 삶이 헛된 것일지 모른다는 생각을 이불처럼 덮고 그날 밤 자리에 누웠다.

'여태 다이아몬드의 가치를 몰랐다니, 허송세월했구나.'

다음 날부터 사내는 공기놀이 모임에 참석하지 않았다. 이웃이 흘린 다이아몬드를 밤마다 주워 모았다. 사내는 그걸 내다 팔아 부자가 됐다. 살던 집에 건물을 덧대어 집을 넓혔다.

이웃과 어울리던 시간이 그리울 때도 있었지만 매번 '이 귀한 물건을 가지고 놀 수는 없지'라는 생각에 문밖을 나서지 못했다.

결국 그의 커다란 집은 아무도 찾아오지 않는 쓸쓸한 집이 됐다.

사내의 마음에서 외로움이 고개를 들 때마다 이웃과 웃으며 주고받았던 "우리 다이아몬드로 공기놀이할까요?"라는 인사말만 귓가에 공허하게 맴돌았다.

016

이런 사람과는

떨어져 지내길 바랍니다

집 근처 편의점에서 계산을 하려고 기다리다가 직원의 표정이 일그러지는 순간을 목격했다.

"봉지에 담아드릴까요?"라는 직원의 물음에 "이걸 봉지 없이 들고 갈 수 있을 것 같아?" 하고 뜨악한 표정으로 말꼬리를 올리는 사람을 봤다.

사회생활을 하다 보면 꼭 이런 식으로 말하는 사람들을 종종 만나게 된다. "저 배우 연기 참 잘하는 것 같아요"라는 말에 "작품을 잘 만나서 그렇죠"라고 답하는 사람,

"식사하셨어요?" 같은 질문에 "그럼 여태 밥도 안 먹고 일했을 것 같아요?" 하고 뾰족하게 반응하는, 타인에 대한 공감 능력이 심각하게 결여된 사람들 말이다.

부디 이런 서늘한 입김을 지닌 사람과는 멀리 떨어져 지내길 바란다. 세상을 늘 삐딱하게 바라보는 사람의 생각은 저열한 언어의 형태로 입 밖으로 새어 나오기 마련이다.

그 생각과 언어에 묻어 있는 차가운 기운은 주변 사람의 마음마저 얼어붙게 만든다.

우리가 사는 세상은 아름다운 것과 추한 것, 밝은 것과 어두운 것이 어지럽게 뒤섞여 있다.

그것들의 경계도 갈수록 희미해지고 있다.

이런 혼탁함 속에선, 속성이 비슷한 것끼리 서로를 끌어당기기 마련이다.

그렇기에 추한 현상과 가치에만 촉수를 드리우며 사는 사람은 그 추함에 마음이 물들 수밖에 없다.

반면 세상을 자유롭게 감각하고 자신만의 심미안으로 아름다운 걸 발견하는 사람, 이따금씩 타인의 마음에 따뜻한 말을 안겨주는 사람을 나는 신뢰한다.

스스로 그런 사람이 되거나
그런 사람이 곁에 있을 때
삶은 풍요로워진다.

017

귀고프다

'귀고프다'라는 말이 있다.

실컷 듣고 싶다는 뜻이다.

우린 항상 귀가 고프다. 허기진 배를 채우듯 남의 말로 귀를 채우며 살아간다. 때로는 타인이 지나가는 말로 툭 던진 거친 언사 때문에 깊은 상념에 잠기기도 하고 별안간 부정적인 감정에 휩싸이기도 한다.

그러나 타인의 모든 말을 내 귀로 가져올 필요가 없다. 훗날 내뱉은 사람조차 기억하지 못할 말을 마음에 욱여넣을 이유가 없다.

그 말은 그 사람의 것이지 내 것이 아니다.

내 슬픔을 헤아리는 사람이 들려주는 말, 세상이 날 외면하는 순간에도 온전한 내 편이 되어주는 사람의 입술에서 흘러나오는 말로 귀를 가득 채우며 살아야 한다.

세상에 휘둘리지 않고 삶의 무게를 견디려면, 과거에 집착하지 않고 지금 이 순간에 몰입하려면 우리는 그래야 하는지 모른다.

여전히 많은 것이 가능하다.
우린 늘, 다시 시작할 수 있다.

마음의 주인

1판 1쇄 발행 2021년 8월 17일
1판 3쇄 발행 2021년 9월 9일

지은이 이기주
편집자 이기주
펴낸이 이기주
디자인 ALL designgroup
등록 2015년 4월 8일 제2015-00076호
주소 서울특별시 종로구 종로1 교보생명빌딩
문의 malgeulsite@gmail.com
팩스 031-8038-5654

ISBN 979-11-955221-4-9 03810